与前副市长及市体委和武协领导合照

与参赛选手合照

在澳门讲课

与上海体育大学武术系主任邱丕相教授合照

在香港世界功夫群英会担任副总裁判长

与来访的日本友人切磋推手

在香港世界功夫群英会上表演

与同门互勉

在广东省中山市与爱好者交谈

与师资培训班全体学员合照

在广东省立中山图书馆讲课

在广东省东莞市进行辅导

四维拳械运动套路图解

薛安日　编著

广东省出版集团

广东科技出版社

·广　州·

图书在版编目（CIP）数据

四维拳械运动套路图解/薛安日编著. —广州：广东
科技出版社，2007.4
ISBN 978-7-5359-4248-7

Ⅰ.四… Ⅱ.薛… Ⅲ.①太极拳②器械术（武
术） Ⅳ.G852

中国版本图书馆CIP数据核字（2006）第136574号

出版发行：广东科技出版社
　　　　　（广州市环市东路水荫路11号　邮码：510075)
E-mail:gdkjzbb@21cn.com
http://www.gdstp.com.cn
经　　销：广东新华发行集团股份有限公司
排　　版：广东科电有限公司
印　　刷：广东省肇庆市科建印刷有限公司）
　　　　　（肇庆市星湖大道　邮码：526060）
规　　格：850 mm×1 168mm　1/32　印张9.25　插页2　字数200千
版　　次：2007年4月第1版
　　　　　2007年4月第1次印刷
定　　价：25.00元

如发现因印装质量问题影响阅读，请与承印厂联系调换。

前　言

　　世界上一切事物都在不断地运动、发展和变化，运动是绝对的，静止是相对的。中国的文字，自"仓颉结绳"以来，经甲骨、钟鼎、大篆、秦篆、汉隶、八分等书体的变化，演进到狂草、章草与真（楷）、行书的并行，又从繁体字演进到了今天规范通用的简体字，其间经历了5 000多年，并与人类历史一起，与时俱进。太极拳传世至今300余年，也循此规律不断地演变着——由陈式而发展有杨式、武式、吴式、孙式等。发展至现代，太极拳在演练的难度和架式的艺术性方面都有新的提高，产生了各式传统风格的太极拳竞赛套路和综合各式拳艺精华的太极拳。这是同源异流，汇百川而归大海的发展规律。其实，植根于中华民族5 000年传统文化的武术也同样是同源异流，虽有各门各派不同的演练特点，又有所谓内家、外家之别，但最基本的跌、打、摔、拿、靠等技法，以及各种身、步、手、眼法都大抵近似，可以说是万变不离其宗，同者多而异者少。能否博采各家之长，在内家拳练法的基础上融入外家拳的技法，使内外家武功精要撮合成为一体，将中华武术的主体表现在同一个运动套路中呢？这就是本人构想和编撰四维拳械运动套路的出发点。

　　四维拳械套路的编撰，目的是尝试合内外家为一体，在技法上集合本人所习识的太极拳类，以及南拳、长拳、形意、八卦等各家技艺之长，在内家拳"动之则分，静之则合"的特点基础上，循阴阳互根之理，寓刚柔相济之变，创编出徒手与长、短器械配套的一系列武术运动套路。

　　所以称之为"四维"，含义有三。其一，这些套路都以武术技艺中强调的身法、步法、手法、眼法这四种有代表性的技法为纲维，体现本系列运动套路的武术实质。其二，运动架式多走"四隅"斜角方位，就是取"四维"（震、兑、巽、艮）之意，体现套路编排的特点。其三，运动的理论合乎"动之则分，静之则合"，"取象元一，分而为二，准阴阳之位，拟刚柔之变，而变动无为，生乎其中"那种古代称之为"四维戏"的道理，体现本系列套路运动的内涵。基于这三个主要原因而命曰"四维"。本书所载的就是包括了拳、剑、刀、扇、杆5个套路的"四维"运动系列。

四维拳全套路分五段，共50个式子；有10种步型，5种手型，近30种手法，5种腿法及多种动作组合；编排紧凑，布局合理，动作舒展、活泼，亦刚亦柔，实用性强。演练一趟约需5～6分钟，配以音乐，也适宜于表演。

四维剑在套路编排上架子多取隅位，动作的衔接灵活多变，风格独特。以绵剑为体，以势剑为用，动静相兼，刚柔相济，取各家剑法所长；以连绵不断，功架规范，节奏明快的基调配合活跃多变的步法和剑法，提挈"四维"纲领，演练出一套内容丰富，姿势优美的剑术。这趟剑术套路，使用了20多种剑法，而以刺、挂、抱、截、带、劈、云、撩、抽、挑、穿、架、点等23种剑法使用最多。下肢运动有进步、退步、上步、撤步、摆步、扣步、盖步、插步、收步、行步、击步、跳步、跃步等步法，以及弓、丁、虚、扑、马、歇、交叉、独立、并立等步型；辗转游走，体现了"剑若游龙"的运动特色。故笔者曾有一诗以记其事云："白云深处卧蛟龙，起舞腾挪遨太空；矫捷穿行迎旭日，蟠旋游走势如虹。"

四维刀则柔中夹刚，不失"刀如猛虎"的特点，势有其威。与剑同样都属于"四维"系列中的短器械。因为它也是"四维"系列中之一员，也就有别于一般只求速度和力量的刀术运动，更有别于过去的所谓传统太极刀。它保持住"四维"风格，刚柔相济，蓄发互变，松紧结合，虚实分清，沉稳得势，舒缓轻灵。这个套路共38式，突出了武术运动传统刀术共同的"缠头"，"裹脑"的基础刀法特点，还有扎、劈、带、砍、截、挫、推、挂、削、点、架、云、拨、扫、背刀、腕花等20种刀法。有弓、虚、丁、马、仆、歇、跪、交叉、独立等步型；进、退、上、撤、摆、扣、跳、插、盖、垫、斜行等步法。还有蹬、摆、踢、拍、撩、二起脚等腿法。以内家武功擅长的圆柔涵盖刀术运动之刚猛，使得运动过程刚非全刚，柔非萎软，似松非松，将展未展，意、气、劲浑为一体。

四维扇以扇子为器械，合内外家技法为一体，演练各种攻防动作。属于"四维"系列中的其他（独门）器械套路。全套路由38个式子组成。同样有弓、虚、丁、马、仆、歇、跪、独立、交叉等步型，有开、合、劈、推、挡、铲、刺、搠、撩、托、穿、截、挑、带等扇子技击动作；也有分、蹬、踢、摆、拍等腿法，以及多种平衡式和缠绕旋转运动；姿势优美，内容丰富，形式活泼；有较深的艺术内涵，有较强的武术攻防意识，是一个精心布局编排的新颖的武术形式，是真正在继承传统基础上发掘、整理、提高的"推陈出新"。上海体育学院武术系主任邱丕相教授在澳门的一次交流活动，看完了一组四人集体表演"四维扇"之后，对我说："这是目前一套最有武术味道的扇子功。"

这个套路具有广泛普及性、表演娱乐性、攻防实用性和健体强身性。全套演练一趟约需3～4分钟。演练时要求气氛活泼，以意导动，柔和连贯，虚实互变，动静相兼，节奏鲜明，击拍清脆。这种锻炼有提高人的情绪，增加前臂肌肉群的力量，加强人体的协调性和平衡性的锻炼效果。也纠正一些武术套路"武"、"舞"不分，"舞"多于"武"的流弊。

四维杆算是"四维"系列中的长器械运动套路，使用的器械可长可短，基本技法相同，灵活变通。由于群众学习锻炼时携带长杆不方便，四维杆的器械就定约1米（100 cm），具体长短可因人而异，大约以杆尖着地竖直计算，杆把末端与本人上腹部平齐为宜。

杆的套路共有39个式子，分5段。技法有：挑、撩、扫、截、拨、插、击、鞭、架、戳、压、绞、标、云、劈、挂、扎、舞花等，包含了棍法，枪法，剑法，刀法和铜法等长短器械的运用。步型有弓、虚、丁、仆、歇、交叉步、偏马步、半马步、独立步和横弓步等。还有蹬脚、踢脚、拍脚和扫堂腿等腿法。动作造型优美，技击实用性强。套路熟练以后，速度快慢由人，可刚可柔，节奏亦可随意变化。如能以心行气，以意导动，迈步猫行，运动抽丝，则又成太极练法。

"四维拳械运动套路"的创编，汇聚了本人半生对武艺的学习和教学的心得，也是在推广群众武术体育运动中的一种新的尝试。它自1997年面世，即深受各地爱好者的欢迎，先后见刊于《武林》杂志。经深圳中视国际影视公司的策划、经销，由太平洋影音公司和汕头海洋音像公司分别摄制出版了四维拳、剑、扇以及四维刀的VCD教材。后来，中央电视台"闻鸡起舞"节目组与广东福光影音公司合作也出版了一整套四维拳剑扇详细教学VCD，且有两种不同的包装版本。广州出版社于1999年出版了《四维太极——拳剑扇》一书，两三年间已是绝版，不少读者来信要求买书，却始终没见到这书再度上架于书店。近年"四维杆"也经多次教学实践后与群众见面了，集体的表演也有颇佳的效果。

中华武术源远流长，博大精深。而吾生有涯，本人竟四十五年的学问，仍是管窥蠡测；况乎资质愚拙，学技不精，不知不懂的地方实在太多，虽过了"耳顺"之年，"从心所欲"也将不远，然而我不是武术家，尤其不是武术技击家，极其量只算个从事养生体育研究的工作者，之所以也创编，也成书者，不在求乎闻达，只求把这些学问性的总结奉献给社会，有益于世人的养生延寿而已矣。武术家们其谅我乎?!

　　本书成稿的过程，需拍摄1 000多幅照片，按编辑工作要求经电脑处理移到光碟随文字稿送出，这些工作得到亦生亦友的张为群、王胜洪二位热心帮助，在此一并表示谢意。

薛安日
2006年仲夏　于羊城

目　录

一、四维拳运动套路

（一）四维拳架式名称及分解动作口令

1. 起式（南）
（1）垂手立正
（2）左脚开步
（3）两臂平举
（4）旋臂外展

2. 照镜式（弓步抛捶，南）

3. 扑翼式（弓步抛捶，南）

4. 搂膝掸捶（西南）
（1）丁步搂膝
（2）弓步掸捶

5. 白鹤晾翅（西）
（1）右坐穿掌
（2）左搂右举

6. 左右挞捶（西）
（1）（左）开步（右）挞捶
（2）（右）上步（左）挞捶

7. 搂手斜切（西南）
（1）（左）上步搂手
（2）弓步右切

8. 上步穿鞭（西）
（1）上步左穿
（2）弓步鞭捶

9. 飞鹤打虎（西）

（1）弓步右抛
（2）撤步下截
（3）弓步肩靠

10. 提手上势（西）
（1）撤步后坐
（2）虚步提手

11. 回身斜飞势（东北）
（1）左转抱球
（2）弓步斜靠

12. 跪步冲拳（东北—东南）
（1）跟步左架
（2）跪步撩掌
（3）移步右格
（4）跪步左冲

13. 十字标指（东）
（1）出步叠掌
（2）车马标指

14. 十字踢脚（东）
（1）撤步右搂
（2）虚步压掌
（3）出步穿掌
（4）提膝踢脚

15. 双峰贯耳（东）
（1）收腿并掌
（2）落步双贯

16. 上步靠肘（东北）

（1）扭马左截
（2）上步按肘
（3）半马步靠

17. 如封似闭（东北）
（1）后坐右捋（西南）
（2）上步右托（东）
（3）活步双推

18. 连珠炮（三式、东北）
（1）撒步左捋
（2）上步合掌
（3）震脚抖弹
（4）撒步左捋
（5）上步合掌
（6）震脚抖弹
（7）撒步左捋
（8）上步合掌
（9）震脚抖弹

19. 前招（西北）
（1）铲步左转
（2）虚步托掌

20. 后招（东南）
（1）铲步右转
（2）虚步托掌

21. 左右挞捶（东）
（1）上步左格
（2）弓步右挞
（3）上步右格
（4）弓步左挞

22. 盖步勾手（东）
（1）盖步左转
（2）扭马双勾

23. 勾踢（左采右踢，东北）

24. 弓步挂搕（西南）
（1）落步右弓
（2）回身左挂
（3）弓步右搕

25. 仆步穿拳（西）
（1）右转移步
（2）坐腿举拳
（3）仆步穿拳

26. 左右金鸡独立（西）
（1）弓步挑拳
（2）独立托掌
（3）上步右按
（4）独立撑掌
（5）落步右挑
（6）退步左挑

27. 右斜飞势（西）
（1）扭马盘手
（2）弓步右靠

28. 上步扑翼（西）
（1）叉步上抛
（2）上步抛捶
（3）洗面抛捶

29. 闪通臂（西）
（1）虚步左拍

3

（2）弓步架推

30. 活步如封似闭（西南）

（1）虚步右托

（2）活步双按

31. 单鞭（南）

（1）铲步刁手

（2）左右换重

（3）马步推掌

32. 左云手（向东横进步）

（1）收步按掌

（2）左云并步

（3）右云开步

（4）左云并步

（5）右云开步

（6）左云并步

33. 撤步扑面掌（东南）

（1）左脚斜撤

（2）弓步右推

34. 钟鼓齐鸣（东南，东北）

（1）收步左捋

（2）弓步撞贯

（3）收步右捋

（4）弓步撞贯

35. 独立跨虎（东）

（1）上步左穿

（2）独立撑掌

36. 白鹤晾翅（东）

（1）独立右转

（2）换重摆莲

（3）落步右弓

（4）虚步亮掌

37. 盘手扑翼（东）

（1）弓步盘爪

（2）车马扑翼

（3）上步扑翼

38. 洗面冲拳（东）

（1）上步左洗

（2）提膝冲拳

39. 活步搬拦捶（东）

（1）盖步左分

（2）上步左拿

（3）跟步冲拳

40. 活步如封似闭（东）

（1）撤步拖掌

（2）活步双按

41. 开合手（南）

（1）扣脚开手

（2）左坐合手

42. 搂膝拗步（西）

（1）丁步提臂

（2）弯肘开步

（3）弓步搂推

（4）后坐右转

（5）丁步提臂

（6）弯肘开步

（7）弓步搂推

43. 震脚指裆捶（西）

（1）震脚盘手

（2）弓步打捶

44. 上步踹脚（西）

（1）后坐拖掌

（2）左转穿掌

（3）上步挤式

（4）后坐拖掌

（5）双按左踹

45. 上步二起脚（西）

（1）叉步合抱

（2）提膝转腕

（3）展臂右蹬

（4）前摆落步

（5）叉抱提膝

（6）展臂拍脚

46. 大捋（东南）

（1）落步左托

（2）右转平摆

（3）撤步右捋

（4）裆步撅臂

47. 右背靠（南）

（1）右转左截

（2）左转右截

（3）右转抖靠

48. 兽头势（南）

（1）左坐右截

（2）右转左格

（3）马步抖弹

49. 金凤振羽（西—东）

（1）右转掤架

（2）独立劈掌

（3）跟步挑掌

（4）转身横拳

（5）进步劈掌

50. 收势（南）

（1）左坐展臂

（2）虚步七星

（3）翘脚叉掌

（4）抹掌垂臂

（5）立正还原

（二）四维拳套路详细图解

1. 起式（南）

（1）垂手立正

身体面向南自然站立，两足并拢，脚尖向前，悬顶正容，两肩松垂；背脊自然上拔，胸部放松。两手持"休息位"状轻贴大腿外侧。目视前方（见图1-1）。

【要点】颈肌放松，百会上顶；下颌微收，口微合。膝自然伸直，脊椎自然地节节上竖。

图1-1

（2）左脚开步

身体重心渐向右移，左膝微屈，轻提左脚，向左横开一步，上体保持原有姿势（见图1-2）。

【要点】向左横开一步的步幅与肩同宽，脚掌平行，脚尖均向正前方，不可成"八字"。提脚开步时应先提起脚跟再提脚尖。开步后左脚落地亦应先脚尖后脚跟，不可全脚掌同时踏地，目的是要使动作表现轻灵。

图1-2

（3）两臂平举

两手慢慢向前上方提起，使两臂平肩，掌心向下，手指放松平伸，指尖向前，眼看前方（见图1-3）。

【要点】平举臂时以腕后小臂的前段为主动，带掤劲上浮。提臂不可超过肩高。手掌不可用力撑伸，手指亦不可萎软下垂，掌型保持原来的"休息位"状。

【用意】如对方用双推掌或直拳击我，我则以

图1-3

臂平提向上掤劲迎截，使直来的攻击力被化解。

（4）旋臂外展

两掌下按，两臂同时向左右展开，成微曲肘侧平举姿态，如鸟之展翅。掌心向上，掌指向两侧斜方向，眼正视前方（见图1-4、图1-5）。

图1-4　　　　　　　　图1-5

【用意】拉开中门，待敌进击。

2. 照镜式（弓步抛捶，南）

左脚向左稍开，重心左移，腰向左旋成弓步；右脚掌碾地，足跟外转，右腿蹬转发劲。同时左掌内旋渐握成拳（或掌）向左后上方拉开，拳（掌）心斜向外，拳背斜向左后脑，高与头平；右手握拳（掌）外旋，拳（掌）心斜向上，右臂向下再向前上方划弧上抛至体前，高与颔平，手心向内如照镜，前后拳（掌）相照应；以右拳向上抽击为主，左拳后摆助势（见图1-6、图1-7）。

【要点】左旋腰，碾右脚，蹬右腿发劲与右臂前上抛，拳向前上方钩击；左臂后摆相协调一致，劲力完整。旋腰要松沉，不可用僵劲。慢动作运动时拳型可做成掌型。

【用意】对方稍动，我即先动。设对方拳（或掌）向我面

图1-6   图1-7

前或右胸进击，我即左移重心并转腰侧体。同时将右臂上挥截断来势，并且向上抽抛之动势不断，以右拳上抽，勾击对方下颌。

3. 扑翼式（弓步抛捶，南）

重心右移，右旋腰，弓屈右膝，左腿蹬转，左脚尖转向右，右脚尖向前，同时两手换成钩型，右手向下向后以勾手挂开，继续向后上方抽提，左手以勾背从下往前上方挥臂直抛，两臂前后拉直平肩，勾尖俱向下，眼看前方（见图1-8、图1-9）。

【要点】右旋腰，左脚蹬碾与手的前后挥抛协调一致。完成姿势时腰必须塌住，上体右转，左肩在前右肩在后，视线与左

图1-8   图1-9

手动作一致。两臂前后抛举如鸟展两翅向上扑打。

【用意】设对方以右拳还击，我则身体右移，同时抛起左臂从下向上截抽对方肘部，以迅猛的冲击力反折其肘关节。左手向上的余势直击其下颌。

4. 搂膝掸捶（西南）

（1）丁步搂膝

左脚向前上步落于右踝旁成丁步，同时腰略向右转，左手上提成掌经面向右拨再向下向左膝前搂去；右手下落握拳绕抱于腰，拳心向上，眼看左前方（见图1-10、图1-11）。

图1-10　　　　　　　图1-11

（2）弓步掸捶

左脚向左前方出步，弓腿重心前移成左弓步，腰左旋向下塌住，左手搂膝后腕外旋抱拳于腰，拳心向上。右拳自右腰旁向左前下方斜线内旋臂冲击，以小臂滚动前掸；右拳拳心侧向内，拳面斜向下，眼看冲拳方向（见图1-12）。

【要点】右冲拳要以腰为轴向左旋转。劲力发自腰腿，右前臂旋转，同时左手握拳抱贴于腰旁助势。

图1-12

【用意】设对方以左拳从西面来击我面门，我即以左掌上提向右划弧拍开；同时对方踢我下盘，我则左手顺下落搂膝化解，并以右前臂"滚桥"（向内旋转前臂）掸截对方的还击，又顺势以右拳斜向下冲击对方腰、裆或膝部．

5. 白鹤晾翅（西）

（1）右坐穿掌

重心右移，腰向右旋，右膝曲，左腿伸；左拳变掌，前臂向右斜上方伸，掌心向面（见图1-13）。

图1-13

（2）左搂右举

左手继续内旋翻腕向外搂，顺时针斜向左下划弧置左大腿外侧按掌，指尖向前。同时，右手亦自面前手心向里、指尖向上往上穿掌并内旋腕使掌心向左，上臂贴右耳旁。左脚同时向右脚并拢，眼看前方（见图1-14）。

【要点】练习时两分解动作不停。当左腕内旋外翻时，右手已穿伸于前面，两臂左外右内成交叉。完成式时两脚掌并拢，两腿自然站直。悬顶正容，精神上提，左掌下按与右掌臂上伸对拉。

图1-14

【用意】对方连环击我面门或胸前，我即以左右手连续的穿举外搂和上伸滚臂化解，又大开中门，引敌来攻。

6. 左右挞捶（西）

（1）（左）开步（右）挞捶

左脚向左横开一步，左旋腰，重心左移成弓左腿，右脚掌横展。同时，右肘下坠微弯，小臂前伸。右手握拳经耳旁向前以拳背向下挞捶；左手握拳抽臂提于头之左侧靠耳，拳心向外，眼看前方（见图1-15、图1-16）。

图1-15　　　　　　　　　　　　图1-16

（2）（右）上步（左）挞捶

右脚向前上步，左脚随即前移，脚掌横摆；腰向右旋，弓右膝，蹬左腿成右弓步；随腰转发劲右拳内旋上翻，移于右耳前；左拳外旋滚臂前伸，以拳背向前向下挞捶，眼看前方（见图1-17、图1-18）。

图1-17　　　　　　　　　　　　图1-18

【要点】动作完全发于腿，主宰于腰，两手动作协调一致，虚中有实，实中有虚。左弓步时右肩前顺，右臂前伸；左肩放松后扯。右弓步时，左肩前顺，左臂前伸，右肩放松后扯。

【用意】臂往上翻往后引时可格开对方的攻击，往前伸往下扯是在消解对方攻势同时又打击对方，"连消带打"。

7. 搂手斜切（西南）

（1）（左）上步搂手

左脚向前上步，右旋腰，右脚掌原地内碾。同时左拳先向右再向左下顺时针划弧下摆搂过体前后拉向左后方（见图1-19）。

图1-19

（2）弓步右切

弓左膝成弓步，右拳随腰转势外旋伸臂斜向上切冲，高约平额。眼随拳击方向看（见图1-20）。

【要点】当左手向下划弧搂割时，右手向斜上伸臂切出，左拳往后拉时右拳以拳面斜上冲击，前后动作密切协调，劲力顺达完整。

【用意】先用左前臂自体前右上侧向左下侧划圆弧将对方攻势搂拨开，同时以右拳斜向前上攻击对方头或胸部。

图1-20

8. 上步穿鞭（西）

（1）上步左穿

右脚略向右前移动，重心右移并右转体，左拳自左后经腹前穿向右肘下后方（见图1-21）。

（2）弓步鞭捶

弓右膝、左腿蹬撑成右弓步，腰向左转，左拳以拳背横向前方摆击。右拳同时反向挥展，两拳前后在与肋同一水平高度上拉开，拳心均向外，眼看左前方（见图1-22）。

图1-21

图1-22

【要点】右旋腰时左拳穿伸；左转时左拳反向前方鞭击，右拳后扯助势，弓步时要塌腰。

【用意】对方抬臂招格我的攻击，我即以右手扣其腕，左拳自下穿出伸臂鞭击对方胸胁或面部。

9. 飞鹤打虎（西）

（1）弓步右抛

左脚向左前移动一脚掌位置上步，身体左转，重心左移成左弓步。同时左拳向上向左后挥臂划弧下落，转拳心向外；右拳下落经右大腿外侧顺时针往上抽抛，右臂上举贴耳，拳心向内（见图1-23、图1-24、图1-25）。

图1-23

图1-24

图1-25

（2）撤步下截

重心后移于右脚，左脚向后撤一步，右脚随之后撤半步成右虚步。同时右手向左向下落，拳变爪型，落于小腹前反手（掌缘向前），掌心斜向下爪截。左掌则反向自下而上置于额左前上方，指尖向上，掌心朝前，眼看前方（见图1-26）。

图1-26

（3）弓步肩靠

左脚蹬地，右脚前迈一大步落地，左脚随即滑进一小步，成右弓步。上身前倾，两手左右分展，掌心斜向外，左斜上右斜下如白鹤展翅，以右肩向前撞靠，眼看前方（见图1-27）。

【要点】撤步与右手下抓，左手前伸护面的动作要协调；前跃与肩靠要协调一致。

【用意】对方飞脚踢我小腹，同时以

图1-27

手击我面门，我则向后闪避并以右手抓截对方飞脚，左手前伸拍挡对我面门的攻击，同时以迅雷不及掩耳的迅猛前扑，用右肩撞靠对方，使其向后跌倒。

10. 提手上势（西）

（1）撤步后坐

左脚略向后撤，重心后移。右脚尖上跷，腰向左转；同时左手向左后下方划弧，右手开始向前上提。眼看前方。

（2）虚步提手

重心后坐于左腿，右脚轻轻提起略后移以脚跟落地成右虚步。同时上体左转向西南方向，左手向前向右与右肘合于胸前，手心向右，指尖对右肘内侧；右手前挑斜举前臂，掌心向

左，大拇指高与鼻尖相平，眼看前方（见图
1–28）。

【要点】重心后撤与左转腰配合，两手左
右相合，与松胯坐腿和右脚跟着地同时配合。
两手动作不要做成前伸自上向下落，要体现以
腰为主宰的左右横向合劲。

【用意】对方左臂前伸以直拳向我当胸打
来，我即略向后退让，并以两手当胸横闩，左
手接其拳腕，右手接其肘尖以短速的力偶，可
剪折其肘关节。

图1–28

11. 回身斜飞势（东北）

（1）左转抱球

上体左转，右脚以脚跟为轴，上
跷的脚尖内扣，同时左掌外旋使掌心
渐翻向上，右掌内旋渐翻掌心向下。
两臂保持掤劲抱圆，眼看右手。

然后右脚落地，重心移于右腿
坐稳，左脚转移于右踝内侧，脚尖
点地成左丁步，两手右上左下地手
心相对，臂成弧形如抱球状（见图
1–29）。

图1–29

（2）弓步斜靠

腰继续略向左转，左脚朝东偏北方向迈出，脚跟着地；重
心向左前移，弓屈左腿，右腿自然伸直成左弓步。两手前后对
分，左手斜向里，左臂随向左转腰时向左前上方展开，右手手
心斜向下擦过左腕向右下采按，置于右胯外侧。掌心向下，眼
看左前外方（见图1–30）。

【要点】四个分解动作连贯一气，无明显断折。"抱"要圆

滑饱满，"分"要舒展掤靠，以腰腿为主宰，上身不可过分前倾，要保持含胸拔背和悬顶正容。

【用意】转身出左脚于对方右脚外侧，以右手执拿对方右腕向下采劲，左前臂穿于对方右腋下，以左上臂及肩靠压对方，使之失去平衡跌倒。

图1-30

12. 跪步冲拳（东北—东南）

（1）跟步左架

左脚尖略向外撇，重心前移，右脚向左脚后跟进，以前脚掌着地。同时左手内旋上翻，反手向上架。

（2）跪步撩掌

上动不停，左腿下蹲，大腿水平成跪步；左手上架于左额前上方，掌心斜向上；右手自右下侧外旋翻掌向前向上撩出，掌心向上，指尖朝前，高与腹平，眼看前方（见图1-31）。

图1-31

（3）移步右格

右脚向右前斜出一步，左脚向右脚后跟进，前脚掌着地，同时右手内旋往右斜上方翻腕掤架。

（4）跪步左冲

上动不停，右腿下蹲，大腿水平成跪步；右手握拳架于右耳前，拳眼向下，拳面向耳。同时左手下落握拳经左肋向前冲出，拳面朝前，拳眼向上，高与胸平，眼看前方（见图1-32）。

【要点】①跪步时上身不可前倾，注意悬顶正容。②左架与

右撩掌跟左跪步一起完成，右格左
冲拳与右跪步一起完成；手脚动作
要协调一致，没有迟速之分。

【用意】如对方向我头顶劈
击，我即以左手向上架起后往左带
开，并以右掌撩向对方下部。如对
方起脚自右侧踢我头部，我即以右
前臂内旋外翻滚格来势，并迅即向
右以左拳直拳进击。

图1-32

13. 十字标指（东）

（1）出步叠掌

左脚向左前出步，脚掌先着
地，上体略右转；右拳变掌下按于
右腰侧，左拳亦同时成掌收盖于右
掌背上，两掌相叠，手心俱向下，
头向左转，眼看左方（见图1-33）。

（2）车马标指

继上动，腰向左旋，猛然发
劲，两脚掌为轴，左膝弓曲，右
腿蹬伸，重心左移成左弓步。同时
两掌右前左后分展，掌心向下，两
臂东西平伸，眼看东（右手）方向
（见图1-34）。

图1-33

【要点】①劲要发于腿，主宰
于腰；两臂前后飞伸与转体一致，
劲力完整，力量集中到伸出的指
尖。②左弓步方向与两臂平伸成十
字形。

图1-34

【用意】"车马"是广东方言。"车"是动词，有轴心滚动、轮子迅速旋转之意。"马"是马步，泛指下肢动作。这里指下肢从原来右边的步型急速转为左边的步型，称"车马"。

"标指"原是南拳中广东方言，"标"是动词，是用力急投飞出之意，如田径运动项目中的"标抢"，也是采用一个"标"字。"标指"是标出手指。本动作劲力集中于并排的四指，借转体，右臂从下往前上平伸，阻截弹开对方出击的手臂；同时手指伸戳对方咽喉或胸部要害处。左臂的同时拉开伸展是助势，前后合力，攻击力更猛。

14. 十字踢脚（东）

（1）撤步右搂

右脚向右后撤步，重心右移；右手向左向下往右搂膝（见图1-35）。

（2）虚步压掌

重心落于右腿上坐实，左脚向内移于右脚前成左虚步。同时右手移按于右腿外侧，左手自左向前下方横掌下压于裆前。掌心向下，指尖向右，眼看前下方（见图1-36、图1-37）。

图1-35　　　　　　图1-36　　　　　　图1-37

（3）出步穿掌

左脚前出半步，脚尖稍斜向外，重心前移，左膝弓屈。同时左掌经右掌背上方穿出，指尖向前，手心向下，眼看前方（见图1-38）。

（4）提膝踢脚

继上动不停，右前臂经左掌背后两手向左右展臂平肩分开，手心向前，指尖俱斜向上，重心落于左腿，右脚向前踢出（见图1-39）。

图1-38

图1-39

【要点】①右手搂膝与左手下压的动作配合协调。虚步左压掌时容许上体因动态而微微前倾，但不可撅臀俯身。②穿掌后两手要成扇形左右分展，不可直线拉开。

【用意】设对方以左脚踢我右腿，我即后撤并以右手搂开对方踢脚，对方又飞右脚踢我下部，我即以左掌下拍，击打踢脚。当对方收回踢脚后退时，我即前进以左手伴攻其面，待对方作出对上部防守动作时，我已起脚踢其下部，本式穿掌是虚，踢脚为实。

15. 双峰贯耳（东）

（1）收腿并掌

右脚踢出后，大腿平提，小腿收屈；同时两手边外旋边向体前收拢，掌心向上，掌缘相并靠近置右大腿上方（见图1-40）。

（2）落步双贯

重心下坐于左腿上，右脚脚跟向前落步着地，同时两手亦下落自右腿上方向两旁分展，然后与重心前移，右膝弓屈成右弓步的同时两前臂分向左右，两手握拳向前向上环形夹贯。两拳坐腕，拳眼斜相对，相距约10厘米，拳心斜向前下方，高约与头额相平，保持沉肩垂肘，臂成弧形，眼看前方（见图1-41）。

图1-40　　　　　　　　　　图1-41

【要点】①拳贯击时，不能以上臂提高做动作，应保持沉肩垂肘。②完成动作要塌腰，上体不可前倾。

【用意】设对方抓我踢出的右脚，我即收回；两手同时自上向下往两旁化解对方攻势，并乘势夹击对方头部，连消带打。

16. 上步靠肘（东北）

（1）扭马左截

腰右转，右脚以前脚掌为轴碾地，足跟内摆，半面向东南方向；两腿交叉，左膝前弯，脚跟离地。同时右拳变掌，经面前拨落于左肩前，掌心向左。左拳边外旋使拳心向里边向右向下划弧，以左前臂截格于右掌之前（见图1-42）。

（2）上步按肘

左脚向东北方向出步，脚跟先着地。左前臂继续向右下划弧，左拳摆于小腹前，拳心向里；同时右手竖掌以掌根部按于左肘弯前小臂后段处。眼看左前方（见图1-43）。

（3）半马步靠

重心下落，坐右腿并左旋腰，使左脚前掌着地，左膝微曲，成半马步。同时右肘向左前靠击，左拳落于左大腿内侧，拳心向内与大腿内侧间相对。眼看左前下方（见图1-44）。

| 图1-42 | 图1-43 | 图1-44 |

【要点】半马步姿势要正确，上体不可前倾，不可翻臀，肘靠方法应明晰，不应做成挥臂甩拳；仍然是腰为主宰。拳应虚握，右掌应竖立，以掌根对左肘助力，不可做成俯掌盖按左前臂。

【用意】对方以勾拳抽击，我即扭马偏身以左前臂滚桥截住；对方移动至我的左前方意欲从隔角发劲推我左肩，我则移左脚入对方裆内，坐马稳定重心并以左肘发短劲靠击对方胸腹部位。

17. 如封似闭（东北）

（1）后坐右将（西南）

重心移于右腿，腰右旋，左拳外旋成掌上托，手心向上，手指朝前；右掌内旋成横掌，掌心向外，拇指向下，两手同时在体前从左（东北）向右（西南）将，眼看右手（见图

1-45）。

（2）上步右托（东）

腰左转，重心渐向左移，两手同时向右螺旋翻腕——左手内旋，在胸前成横掌，掌心向前，拇指向下；右手外旋向右向下再往前上划弧成仰掌上托，指尖向前。同时重心坐左腿，右脚朝东方向上步，前脚掌着地成右虚步（见图1-46、图1-47）。

图1-45   图1-46   图1-47

（3）活步双推

腰继续左转，上体向北，带动两手向左划弧坐腕，在体前颈两侧相合，手心相对，指尖向上，沉肩坠肘。然后右脚向左前方（东北）移步，脚跟先着地，重心再往右移，松腰落胯。两手同时以掌缘往前平胸推送；左脚亦往前跟进，在右脚跟之后，脚掌着地成虚步，眼看右前方（见图1-48、图1-49）。

图1-48   图1-49

【要点】动作的往复顿挫及缠绕特点要明显；注意腰、腕活动的配合和完整一致。双手前按与左脚前跟成虚步一致。

【用意】整个动作过程用了捋、托、合、化、按诸劲，转守为攻。

18. 连珠炮（三式、东北）

（1）撤步左捋

左脚向左后撤半步，重心左移，左转腰带动左手向内旋腕，在胸前翻成横掌，掌心向前，指尖向右，右手外转上托成左捋势；同时右脚尖亦稍后移，虚点地面（见图1-50）。

（2）上步合掌

图1-50

右脚向前上一步，脚跟着地，上身松沉坐左腿，两掌内转坐腕，在胸前掌心相对距约10厘米，沉肩坠肘，两手相合蓄劲。

（3）震脚抖弹

上动不停，左腿蹬地，重心右移，右脚掌着地踏稳，右膝略弓屈；同时左脚跟步于右脚之后，距约半足掌，落地震脚并两手发劲抖弹前推，手心仍斜相对，掌缘朝前（见图1-51）。

图1-51

（4）撤步左捋

与（1）相同（见图1-52）。

（5）上步合掌

与（2）相同。

（6）震脚抖弹

与（3）相同（见图1-53、图1-54）。

（7）撤步左捋

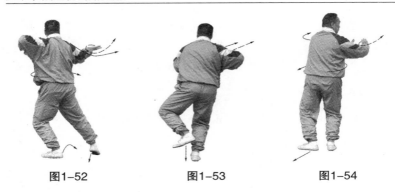

图1-52　　　　　　　图1-53　　　　　　　图1-54

　　与（1）相同（见图1-55）。

　　（8）上步合掌

　　与（2）相同（见图1-56）。

　　（9）震脚抖弹

　　与（3）相同（见图1-57）。

图1-55　　　　　　　图1-56　　　　　　　图1-57

　　【要点】本式重复三次震脚；撤步与左捋动作要一致，震脚与抖弹要一致，劲力要完整集中。

　　【用意】先化后发。

19. 前招（西北）

　　（1）铲步左转

重心下落坐右腿，左脚以足跟内侧贴地面向左侧（西）擦步；同时两手向右转腕，左手拇指朝下，掌心斜向前下方。右掌心斜向前上方，拇指向上（见图1-58）。

（2）虚步托掌

重心向左移坐左腿，腰向左转，带动右脚向内收移成右虚步，右脚尖向西北方向。同时，左手经左胸前弧形向左侧反手横掌撑推，掌缘向上，指尖向前，大拇指向下；右手前臂下落继续转腕，经右大腿侧向前撩托，高与胸平，掌心向上，指尖朝前，眼看前方（见图1-59）。

图1-58   图1-59

【要点】两手缠腕配合，腰为主宰向左转带动右脚上步及左手撑推和右手撩托的动作。完成此式时，要左实右虚，左腰旋紧，右侧放松。上下协调一致。

【用意】对方以左手前伸击我胸部，我即旋腰以左手拦截扣腕，并以右手撩击其肘部。

20. 后招（东南）

（1）铲步右转

坐左腿，右脚以脚跟内侧向右前方斜铲出，腰先向左略转随即右转，带动两手向左旋腕，右手亦旋摆于胸前，拇指向下，掌心朝前下方；左手在左侧手心朝前上方，拇指向上，其余四指向前，两手俱坐腕（见图1-60）。

（2）虚步托掌

重心右移坐右腿，左脚向前上一步，脚尖朝东偏南成左虚步。同时腰向右转，带动右手经右胸前弧形向右侧反手横掌撑推，掌缘斜向上，指尖向前，拇指向下；左手前臂下落，继续旋腕，经左大腿侧向前撩托，高与胸平，掌心向上，指尖朝前，眼看前方（见图1-61）。

图1-60   图1-61

【要点】同前，仅方向相反。

【用意】设对方以右拳向我平冲，我即以右手搂拨扣腕，并以左手撩击其肘，或平托对方踢来的脚。

21. 左右挞捶（东）

（1）上步左格

左脚向前上步，脚尖朝前，左手握拳，前臂内转向外翻向左划弧，置拳于左耳前，拳背靠耳（见图1-62）。

（2）弓步右挞

与上动同时，腰向左转，右脚稍内扣向前上半步，脚尖向左前方，重心移向左成左弓步；右手握拳，小臂外旋从右上往前以拳背挞击，高与胸平，拳向正前方，拳心向上。上体偏横，右肩右臂向前，目视拳击的方向（见图1-63）。

（3）上步右格

与（1）同，仅方向相反。

（4）弓步左挞

与（2）同，仅方向相反（见图1-64）。

图1-62　　　　　　　图1-63　　　　　　　图1-64

【要点】①左弓步时右脚掌稍内扣，上体偏左转。②左拳收至耳前与右拳向前方挞击一致，要同时到位。③劲力发自腰腿，拳臂用力次之。

【用意】对方向我面门攻击，我即以左前臂转向左横截格开，并上步以右拳挞击对方头部。

22. 盖步勾手（东）

（1）盖步左转

腰稍左转，左脚向体前盖步，脚尖向左前方。

（2）扭马双勾

与上动同时，重心前移，腰继续左转，上体扭转成半坐盘势，左手腕内旋向下绕一小圆，边成勾手向下向左后方勾挂划弧。右手亦同时成勾手，从后向下、向前上方划弧，勾手

图1-65

手背上抛。前后两臂平展，手高平肩，眼看右勾手方向（见图1–65）。

【要点】①向前盖步与扭马结合，定式时上体落胯坐左腿上，上体侧转，但保持头容正直、尾闾中正。②两手前后摆动与转腰一致。

【用意】对方攻击我胸腹，我即以左手勾挂拨开，并以右手勾手动势前抛，击打对方颌部。

23. 勾踢（左采右踢，东北）

左采右踢

重心在左腿，腰反向右转，左手成掌向右与右手一起向身体右外侧斜下方将采；同时右脚以脚掌背屈，脚尖上跷向左前斜方勾踢，眼看左斜前方（见图1–66）。

图1–66

【要点】要以腰为主宰，手足成反向合力，劲力完整，上下协调。勾踢方向略低于膝。

【用意】对方进步来攻，扣拿我右勾手手腕，我即可翻腕刁拿，左手同时将住对方前臂，向右侧将并加采劲，右脚勾踢对方踝或膝弯，使之跌倒。

24. 弓步挂搕（西南）

（1）落步右弓

接前式，右脚向前落步，重心前移，弓右膝，两手顺势在右腰侧握拳，眼向左望（见图1–67）。

（2）回身左挂

左脚稍离地略向外摆，腰左旋，重心左移，弓屈左膝成左弓步；同时挥摆左臂，左拳经右肩向上向左撇击，谓之"挂"捶（见图1–68）。

（3）弓步右搕

腰继续左转，与左弓步形成的同时，右臂亦随左拳之后向左挥动，右拳从上向前划大弧线下搕，至身体之左肋前。左臂亦向左外侧摆伸。右拳动作谓之“搕”捶。眼向前看（见图1-69）。

图1-67

图1-68

图1-69

【要点】“挂”在前，“搕”在后紧紧相随。以腰为主宰发劲，与左弓步同时完成动作，全身之力集中于右拳。

【用意】对方向我左后方进击，我即回身以左前臂挂开来势，并随之以右拳自上向下搕击对方头部。

25. 仆步穿拳（西）

（1）右转移步

右脚向右后移动，并弓屈成弓步，上体右转；两拳同时右前左后地经体前向右腰外侧摆动，左拳在右肋前拳心向里，右拳外摆拳心向前，眼看前方（见图1-70）。

（2）坐腿举拳

左大腿上提，小腿收屈，脚尖下垂成右独立步。同时右臂屈经胸前向上直举，右拳拳面向上，拳心向内；左臂平屈于体前，左拳置右胸前，拳心向内，拳眼向上，目视左前方（见图1-71）。

（3）仆步穿拳

右膝渐屈后下蹲，左脚前伸，足尖上跷以足跟着地铲出成仆步。同时左拳经腹前、左腿内侧向左踝内侧前伸；右拳反向右后上方伸展。完成此式时，两臂前后拉成斜向的右上左下的一直线，眼看左足（见图1-72、图1-73）。

图1-70   图1-71   图1-72

图1-73

【要点】独立与举拳一致，仆步与穿拳一致。本式旧称"嚼地龙"，以足跟铲地成仆步为特点。仆步时松腰落胯，上身不可前倾，右足不能起踵；左腿必须平铺地面。

【用意】对方踹我左腿，我即提膝避开；对方前冲劈击我头顶，我即低身仆步以右拳上举架住，并铲出左脚攻入对方裆内。

26. 左右金鸡独立（西）

（1）弓步挑拳

接前式动作重心前移，左拳继续前伸，经左足前向上弧形挑起；重心前移成左弓步。左臂成弧形，左拳拳眼向上，高与鼻平。眼看前方（见图1-74）。

（2）独立托掌

重心前移，使体重全落于左腿，右大腿向上平提，使膝高于腰，右小腿收屈，足尖下垂成左独立步。同时左拳变掌向体前横按，然后向下向左搂膝划弧按于左大腿旁，掌心向下，指尖向前。右拳变掌从后向前上方挑举，肘在右大腿上方，掌心向左，指尖向上高与眼平，两臂俱成弧形，眼看前方（见图1-75）。

（3）上步右按

右脚向前落步，脚尖稍向外撇；同时右手掌心向下横落下按，指尖向左；左手向外旋腕，使手心向上前穿（见图1-76）。

图1-74   图1-75   图1-76

（4）独立撑掌

重心前移，右腿站稳，左大腿向上提平，使膝高过腰；小腿收屈，脚尖下垂成右独立步。右掌横按后下掌，压于裆前；

左掌前穿并向内转腕，掌心向外翻，撑架于左额前，掌心向前，拇指向下。目视前方（见图1-77）。

（5）落步右挑

左脚向后落步，使重心后移，坐腿向左旋腰，右脚跟微离地成右虚步。同时左掌横掌下落，并向外旋腕，落至左大腿旁，指尖下垂，掌心向里；右手旋腕上挑至右耳旁，指尖向上，掌心向里，并且右肘向前顶出，目视前方（见图1-78）。

（6）退步左挑

右脚向后退一步使重心后移，坐腿使腰向右转，左脚掌着地，脚尖向前成左虚步。同时右掌向前下按，置于右大腿旁成垂掌，掌心向里；左掌则上挑至左耳旁，指尖向上，掌心向里，并且左肘向前顶出，目视前方（见图1-79）。

图1-77　　　　　图1-78　　　　　图1-79

【要点】①左独立步时右托掌，右独立步时左撑掌。②要上下相随，左右连贯。③退步挑掌时，左右手一上一下互相呼应。④前进后退俱要轻灵。

【用意】敌进我退，踩其脚，横掌拍截对方下踢，挑托掌架提对方穿伸进击，或闪身退避的同时提肘截格对方的横拳。

27. 右斜飞势（西）

（1）扭马盘手

左脚前掌为轴，足跟内摆，腰向左转，重心前移于左腿上成交叉步（扭马）；同时左掌向右前翻，横按胸前，有截压之势，眼看左手（见图1-80）。

（2）弓步右靠

上动不停，右脚向前上一步，左手继续经体前下落向左胯外侧划弧，掌心斜向左下方按。虎口撑圆，拇指向左腿，掌心向左足背。眼看左手。

与上动同时，重心前移至右腿上成右弓步，右手外转使手心向里并上提经右胸前、面前向右斜上方伸穿，指尖斜向上，手心斜向里（见图1-81）。

图1-80   图1-81

【要点】①为便于初学才将本式动作分解为二，练习时应一气呵成。②左采右穿，两手上下呼应，两臂伸展成一斜线。③右弓步步幅应稍大，重心下落，架子应拉大一些。

【用意】对方以左拳攻击，我即扭马成交叉步，盘屈左手搂截来势，并往左下采，随即上右脚绊其左脚跟后，右手穿伸于其左腋下，肩往右靠。这式子主要用"靠"法。

28. 上步扑翼（西）

（1）叉步上抛

左脚经右脚前向西横落成交叉步，同时两手交叉左前右后收合于裆前。

然后两臂左右伸展同时成勾手上抛平肩，眼看右手（见图
1-82）。

（2）上步抛捶

右脚向前（西）上步，同时右钩手变拳，拳心向里，向左
绕一小圆经面前下落。然后重心右移并右旋腰成右弓步，随身
法动势，右手经体前下落后向后直臂上抽，拳背向上；左手亦
握拳从下向前上方抽击，拳背向上，两臂平肩前后展开，眼看
左前方（见图1-83）。

图1-82

图1-83

（3）洗面抛捶

左脚向前上步，同时左手外旋使
拳心向里向右绕一小圆经面前下落。

上动不停，重心左移并左旋腰成
左弓步；随身法动势，左手经体前下
落后向后直臂上抽，拳背向上。右拳
亦从下向前上方抽击，拳背向上，两
臂平肩，前后展开。眼看右前方（见
图1-84）。

图1-84

【要点】连续上步时，两臂挥展上抛要与腰的旋转配合，拳
稍握紧，两臂放松，利用旋腰的动势抛起双拳抽击。

【用意】上步洗面是先防后攻，防攻并用的招式。"洗面抛捶"是挥臂阻截，抛捶是从下向上猛抽，抽击对方已经伸出的前臂或抽击其下颌。

29. 闪通臂（西）

（1）虚步左拍

腰右转，重心仍在左腿，左手变掌经腰旁斜向右肩前推拍成立掌，指尖向上，掌心向右。右臂向右后伸展，右手成掌下撑于右臀之后，同时右脚向前上一步，前脚掌着地，足跟离地成右虚步（见图1-85）。

（2）弓步架推

右脚再向前上半步，重心前移，腰略向左转成右弓步。同时左手自右肩前上架于左额前上方，掌心斜向上；右手自右肋前向前推出，腕与肩平，掌心朝前，眼看掌推方向（见图1-86）。

图1-85　　　　　　　　　　图1-86

【要点】①右虚步与左掌右拍要一致，左架右推与左旋腰成右弓步一致。②右脚右膝及右掌心方向要一致，右臂平伸，肘略曲、腕与肩平。

【用意】对方抢攻我的右肩臂，我即右转将右臂抽回，右肩后泻，并以左掌拍击对方，然后向上挑架使其露肋，我即上步以右掌推击其肋，或直戳"章门"穴。

30. 活步如封似闭（西南）

（1）虚步右托

重心后移，腰向左旋，右脚向内收回到左踝前不落地；同时左手外翻，小弧线自上下落至右腹前，手心向下，右手下落向下向右后捋；然后两手齐动，左腕内旋，掌心向前往左侧推撑；右腕外转，掌心向上，前伸撩托，眼看右手（见图1-87、图1-88）。

图1-87　　　　　　　　　　图1-88

（2）活步双按

继上势，腰向左转，右脚向前出一步，两手同时翻动提至胸前，手心相对，距约10厘米，指尖向上，眼看前方。

然后重心前移，左脚向前跟半步，前脚掌着地，足跟离地，脚尖方向与右脚相同；同时两掌均向内转，手心向前推出，高与肩平，眼看前方（见图1-89、图1-90）。

【要点】①跟步要灵活，跟步后的丁步步型两脚掌方向要一致，左脚尖与右脚跟之间纵横向均有一拳宽左右的距离。②收脚与两掌翻捋一致，活步与双推掌一致。

【用意】对方攻我左胸，我即以左手捋开，与右手合劲向下化解后向前推击。

图1-89   图1-90

31. 单鞭（南）

（1）铲步刁手

右脚内扣，上身左转向南；同时左手外旋，手心向面；右手外旋向内绕腕，指尖向下，掌背在左掌之内，五指撮成勾手，勾顶斜向右上刁提。重心略降，左脚以脚跟内侧缘贴地向左铲出。在右勾手刁提的同时左手斜下弧线下落，掌缘贴腹壁降至左腰前，掌心向上，眼看左前方（见图1-91、图1-92、图1-93、图1-94）。

图1-91   图1-92

图1-93

图1-94

（2）左右换重

重心略向左然后向右移，左膝略曲后再伸，右膝弯曲成右偏马步；左掌掌缘贴近腹部向右滑动，眼随手动看右前方（见图1-95）。

（3）马步推掌

续上势，左掌沿胸前上提，经右肩前、面前向左边内旋腕翻掌心向外，边展臂向左前方推开，重心左移成马步，眼看左手（见图1-96）。

图1-95

图1-96

【要点】①刁手与铲步一致。②重心左右换转要活腰。③定势时，两腕相平同肩高，肘与膝上下相对，两手与脚尖相对。

【用意】①设对方擒拿我左腕，我即旋腕向下脱出，同时右手以勾拳向对方下颌习顶。②左铲步入对方裆内，左肩外靠并推出左掌。

32. 左云手（向东横进步）

（1）收步按掌

左脚收回右踝内侧，腰向右转面向西南方，同时左掌向下向内划弧经腹前翻掌心向上穿托于右腕下方，右手手腕位置不变，勾手坐腕成立掌，掌心向前，指尖向上平眼高，眼看前方（见图1-97）。

（2）左云并步

左脚向左横开一步，腰向左转，重心左移，右脚内扣约45°然后向左脚靠拢，足

图1-97

跟相并，左脚尖向南偏东，右脚尖向南。同时左掌上提，指尖平眼。左前臂向左掤，掌心向面，向左划弧并向内转腕翻掌心向左外侧按。右掌亦同时下按，经腹前向左边将边翻掌心向上托向左穿，划至左肩前掌心向内，眼看左前方（见图1-98、图1-99）。

图1-98

图1-99

（3）右云开步

腰右旋，右脚尖外撇，以左脚掌为轴碾步，足跟外摆，

重心向右移；左脚向左横开一步，脚尖先落地；同时右前臂向右掤，右掌上提，掌心对面向右划弧，渐渐向内转腕翻掌心向外按；左掌则下按，经腹前向右，边将边翻掌心向上托向右穿，划至右肩前掌心对里，眼看右手方向（见图1-100）。

图1-100

（4）左云并步

左脚跟落地，重心左移，腰向左转，同时左掌继续上提，掌心向面，指尖平眼；左前臂向左掤划弧，左掌经过面前之后向内转腕，翻掌心向左外侧按；右掌亦同时下按，经腹前向左，边将边翻掌心向上托向左穿，划至左肩前掌心向内。眼看左手方向；与此同时右脚向左移，脚跟与左脚跟并拢成八字脚（见图1-101、图1-102）。

图1-101

图1-102

（5）右云开步

与（3）相同（见图1-103）。

（6）左云并步

与（4）相同，惟右脚脚尖着地，在左踝内侧，两脚尖方向一致均向东南（见图1-104、图1-105）。

| 图1-103 | 图1-104 | 图1-105 |

【要点】①云转动作要求身手步协调一致。②上体正直，尾椎下垂，收臀、坐腿、圆裆。③重心移动平稳，开步并步时不可忽高忽低。

【用意】上下两手动作意识为上掤下捋。设对方向我面前直拳冲击，我则以前臂掤格向左化；对方踢我下盘，我即以掌托拿其足跟前送，将对方"拔根"推倒。

33. 撤步扑面掌（东南）

（1）左脚斜撤

接上式，右脚跟着地踏稳，左脚即向后方（西北方向）撤步，成右弓步。

（2）弓步右推

与上动同时，左掌向下落划弧翻掌心向里，经腹前成平掌上托，右掌自左肩前上提经面前向内旋腕、拧掌心朝伸臂方向经左掌上方推出。完成式时左掌掌心向上托抱于腹前，右臂前伸，掌心向东南方向"扑面"推出，掌心朝前，眼看右掌（见图1-106）。

【要点】右扑面掌与弓步完成过程要

图1-106

一致。左右掌应上下协调，互相联系，动作不可松散。

【用意】对方击我胸前，我即撤步，以左手压截来势，同时右掌扑击对方面部。

34. 钟鼓齐鸣（东南，东北）

（1）收步左捋

重心后移，左转腰，右脚收至左脚内侧不落地；同时两手向下向左捋至左腰侧捏拳，拳心均斜向左后下方（见图1-107）。

（2）弓步撞贯

右脚向右前方上步，重心前移成右弓步；同时右转腰牵动两前臂向右斜上方运动；两拳以拳背向右撞贯，右拳高与胸平，左拳高与额平，眼看右前方（见图1-108）。

图1-107　　　　　　　　　　图1-108

（3）收步右捋

重心前移于右脚，左脚收至右脚内踝旁不落地，同时两拳变掌向左摆划小弧向下向右捋，至右腰侧捏拳，拳心均斜向右后下方（见图1-109）。

（4）弓步撞贯

左脚向左前方上步，重心前移成左弓步，同时左转腰牵动两前臂向左斜上方运动，两拳以拳背向左撞贯。左拳高与胸平，右拳高与额平，眼看左前方（见图1-110）。

图1-109

图1-110

【要点】捏拳与收步一致，弓步与双撞捶一致。

【用意】对方向我勾击，我以攻为守，以迅猛之动势一手平胸截击对方，另一手在上贯击其太阳穴。

35. 独立跨虎（东）

（1）上步左穿

右脚向前上步，脚掌着地成右步；同时右拳变侧掌斜摆按于体前，左拳变掌经右腕上往右斜穿，两掌交叉，手腕相交，左手在上，高与喉平。右脚脚跟着地踏实成右弓步。眼看前方（见图1-111）。

（2）独立撑掌

重心前移，提左腿成右独立步。

图1-111

同时腰向左转，左手下落向左后方划弧提起成勾手，勾顶平眼；右手向右前方展开，坐腕撑掌，高与肩平，掌心向东，掌缘向东南，指尖上挑。左右两手在两隅角上前后呼应。上身坐右腿，右腿微屈膝站立，左大腿提平，膝向正东顶起，略高于腰，小腿放松斜向前下方约45°。左踝放松稍内扣，脚尖与右手方向一致，眼看左前方（见图1-112）。

图1-112

【要点】①姿势不可歪斜，独立步保持头容正直，含拔松沉。②左大腿内侧面不可转向上，左小腿不应伸平，应斜向前下方，左踝亦应放松。

【用意】对方穿插我面门、喉或眼，我即以两手交叉前掤架截，并以右脚前踏，提左脚踢对方裆下，以右掌挑击或锁喉。

36. 白鹤晾翅（东）

（1）独立右转

以右脚为轴腰向右转，左脚向右前交叉摆转，独立旋转约270°，两手手心向下，同时向右平摆（见图1-113）。

图1-113

（2）换重摆莲

上动不停，转至上体朝东北方向时左脚在北方向上落步站立；同时右脚提起向左踢向右平摆扫，两手自右前方向左摆动与右脚背相拍击响，眼随手动（见图1-114、图1-115、图1-116）。

图1-114

图1-115

图1-116

（3）落步右弓

右摆腿后，右脚向右侧偏前落步，重心前移成右弓步；同时两手自左下落经腹前向右侧搂。头亦向右转（见图1-117、图1-118、图1-119）。

图1-117　　　　　　　图1-118　　　　　　　图1-119

（4）虚步亮掌

重心移至右脚坐腿，腰向左转，左脚向前上半步以脚掌着地，脚尖向前成左虚步；同时左手向左搂膝后置左胯外侧，右手向后向右划弧上提至右额前上方坐腕亮掌，掌心斜向外，眼看前方（见图1-120）。

【要点】①两掌平摆随转体进行。②旋转要流畅，摆腿拍脚要击响，要注意摆腿后右脚落点的准确位置。③亮掌时两臂上下撑圆，头容正直，上体中正含拔，臀部收敛。

图1-120　　　　　　　图1-121

【用意】本式是一个连续动作组合。旋转平摆是走避；摆莲是用脚摆击对方胸或头部；亮翅是左搂右分靠或挑打之意。

37. 盘手扑翼（东）

（1）弓步盘爪

腰微向左转，右掌成爪型向左下划弧，高与颌平。然后左脚向左横侧移步，重心仍在右腿，右旋腰，重心下落成右弓步。同时左手成爪型向左向上划弧右摆在体前（正南）扣腕，掌心斜向前下方，右手配合左手动作向下向右后搂拨划弧；右手成爪置于左肘尖的下面，掌心向下，高约平肋，眼看前方（见图1-121，图1-122）。

图1-122

（2）车马扑翼

左脚稍离地外摆弓膝，重心左移并左旋腰成左弓步；同时左手下搂后向左后方握拳挥摆。右手握拳，拳心向下以拳背从后向前向上抽击。两臂右东左西前后扯成平线，眼看前方右手方向（见图1-123）。

图1-123

（3）上步扑翼

右脚活步向前，重心右移，腰向右转，弓右腿成右弓步；同时右拳下割向右后挥摆，左拳以拳背从后向前向上抽击。两臂左东右西前后扯成平线。随即两手又同时向上相对划弧经头前交叉后再向下分向前后挥臂扑击，两臂前后扯平，眼看前方（见图1-124、图1-125、图1-126）。

【要点】①动作的左右转要以腰轴，拳向上扑击应握紧，但臂应放松，劲力发自腰腿。②两手动作要一致，前后呼应展

| 图1-124 | 图1-125 | 图1-126 |

开，形如鹰之展翅拍击。

【用意】对方以拳或脚直攻我胸腹，我即以一手盘屈下截，并迅即车马以另一手自下而上抽击对方肘腋或下颌。

38. 洗面冲拳（东）

（1）上步左洗

重心在右脚，左脚向前上半步，同时左拳向外旋腕，使拳心对面并向右向下摆，在体前划弧（见图1-127、图1-128）。

| 图1-127 | 图1-128 |

（2）提膝冲拳

重心前移，右膝向前顶撞提起，脚尖向下成左独立步。同时左拳经腹前在左腰旁抱拳，拳心向上；右拳转拳心向上经右腰旁拳面向前上方冲击。高与颌平齐，拳心斜向里，眼看前方（见图1-129）。

【要点】提膝与冲拳要协调一致，动作要稳定。

【用意】我以左拳臂在身前挥摆截开对方进击，并提膝撞击对方胸腹，同时以右拳冲击其面门。

图1-129

39. 活步搬拦捶（东）

（1）盖步左分

右脚向前盖落，脚尖斜向外摆。重心前移，两腿交叉。同时右手内旋成掌向下落向右后捋，左手成掌穿于右前臂下方，沿右前臂向前上方靠分，掌心斜对面，指尖斜向上；右掌按于右胯旁（见图1-130）。

（2）上步左拿

左脚向前上步，脚掌着地，脚尖朝前，重心仍在右腿。同时左掌向内旋腕使掌心向下握拳平胸，拳眼向里（见图1-131）。

图1-130

图1-131

（3）跟步冲拳

重心前移于左腿，右脚往前跟半步，右拳自腰际经左拳背上方向前冲击，拳面向前，拳心向左，眼看前方（见图1-132）。

【要点】盖步与左分一致，上步与左手翻腕擒拿一致，活步与冲拳一致。

【用意】盖步是踩踏对方脚面并用靠劲。对方退避以拳冲击我小腹，我即以左手擒拿之，右手直击。

图1-132

40. 活步如封似闭（东）

（1）撤步拖掌

右脚向后撤一步，重心后移，左脚随之向后收半步，脚掌着地，足跟离地；同时两拳变掌，掌心俱转向前；两肘同时分向左右下垂收屈；左掌从右肘下沿右前臂经右掌心滑动，两掌分开，掌背对肩（见图1-133）。

（2）活步双按

左脚向前上步，重心前移，右脚随之跟进其后，足跟离地；同时两掌手心朝前伸臂向前推按，眼看前方（见图1-134）。

图1-133

【要点】活步动作要上下相随，整体一致；双推掌时，肘臂应保持微曲，肘关节不可用力蹬直。

【用意】对方向我右拳抓来，我即后撤，两手如封条状解脱擒拿，并牵动对方重心前引，待其重心未稳时，我即进步，用整体前移的动势将对手推倒。

图1-134

41. 开合手（南）

（1）扣脚开手

以右脚掌做轴心，足跟内摆使全脚掌向南；重心移向右，左脚掌内扣，同时两腕外旋使手心相对，指尖向上，两肘收屈，使两手侧掌靠近胸前沿胸壁向左右拉开至肩前，大拇指对肩峰（见图1-135）。

（2）左坐合手

重心左移，左脚掌着地；右脚跟稍离地面，同时两手保持原状向胸骨前挤合，至手心相距约5厘米，眼看前方（见图1-136）。

图1-135　　　　　　　　　　图1-136

【要点】①开手与重心右移扣左脚一致，合手与重心左移，右足跟离地一致。②开合手沿胸壁进行，虎口撑圆，拇指展开，贴近胸壁。开手时两手距离不宜超出肩宽；合手时两手相距约5厘米。

【用意】开手时如气球充气，配合吸气，合手时如将气球内的气全挤压出来，配合呼气。

42. 搂膝拗步（西）

（1）丁步提臂

重心在左腿上，右脚成丁步；右手俯掌经左肩按至左胸前，同时腰左转，左手腕外旋，转成仰掌经腹前下落向左胯外侧划弧并提举至南偏东，臂成弧形，手心斜向上，指尖平眼。

眼看左手（见图1-137）。

（2）弯肘开步

腰略向右转，右脚向西迈出一步，重心仍坐左腿，左肘弯曲，左小臂向内运动，左手置左耳旁，手心斜向下，指尖向前；右手下按至左腰前，眼看前方。

（3）弓步搂推

重心前移，左腿向前蹬，腰往下塌住成右弓步。同时右手自左腰旁向前向右经右

图1-137

膝前上方划弧搂过，置右大腿外侧向下坐腕按掌，指尖向前；左臂前伸，沉肩、垂肘、坐腕，左手向前推按，掌心朝前，虎口撑圆，食指尖对鼻尖，两肘微曲程度一致，眼看前方（见图1-138、图1-139）。

图1-138

图1-139

（4）后坐右转

重心后移，坐左腿，腰微向右转，右脚尖上跷，外撇约45°，左掌旋腕约90°，左手心朝右。同时右掌在原处亦向外旋腕翻手心向上。眼看左手。

（5）丁步提臂

重心前移至右脚，左脚向前上步于右踝内侧成丁步。同时左手经右肩前下按至右胸前，右手向后再向右上方提臂划弧，

掌心斜向上仰，指尖平眼，眼看右手（见图1-140）。

（6）弯肘开步

腰略向左转，左脚向西迈出一步，重心仍坐右腿，右肘弯曲，右小臂向内运动，右手置右耳旁，手心斜向下，指尖向前；左手下按至右腰前，眼看前方（见图1-141）。

（7）弓步搂推

与（3）相同，仅左右相反（见图1-142）。

图1-140   图1-141   图1-142

【要点】本式必须把"搂膝"动作做出，搂后必须坐腕"按"住。"搂"与"推"要同时进行。动作时上体不可前俯，弓步完成时腰亦要轻轻塌住。

【用意】对方踢我膝，我即搂开，并坐腿推掌还击，体现连消带打的拳理。

43. 震脚指裆捶（西）

（1）震脚盘手

右脚向前提起向左脚跟后猛然发劲踏地，左脚同时快速提起，腰向右转，右手向右划弧握拳于右腰旁，拳心向上；左掌向右斜下方拦于体前（见图1-143）。

（2）弓步打捶

图1-143

左脚向前落，重心前移成左弓步。同时腰向左转，左手自左膝前搂过，按于左大腿旁；右拳向前冲打，高与小腹平，拳心向左，拳面向前，眼看前方（见图1-144、图1-145）。

图1-144 　　　　　　　　　　　　图1-145

【要点】右腿震脚踏地与左腿收提、左掌向右拦拨及右拳卷抱要协调一致，动作不可明显分出先后。

【用意】对方向我左脚铲出，我即收提左脚，右脚猛力向下踩踏，并击其小腹以下。

44. 上步踹脚（西）

（1）后坐拖掌

重心后移，坐右腿；左脚尖上跷，同时腰向右转；右拳内旋变掌上提，掌心向下，随转腰向右小弧形向后收引，左手扶于右腕后，手心斜向下（见图1-146、图1-147、图1-148）。

图1-146 　　　　　　　图1-147 　　　　　　　图1-148

（2）左转穿掌

重心仍坐右腿，腰向左转，两手后引下落，弧形经右腹前；右手腕外旋，转掌心向上，指尖向左，经小腹前向左穿托，左手仍扶于右手腕上，眼随右手动作（见图1-149）。

（3）上步挤式

右脚向前上一步并弓腿，重心前移成右弓步，右前臂横掤于胸前，左掌根按于右腕内向前挤出，眼看前方（见图1-150）。

图1-149　　　　　　　　　　图1-150

（4）后坐拖掌

左掌前翻，手心向下；右手亦内旋，翻掌心向下；左掌自右掌背抹过后两手左右分开与肩同宽，掌心俱朝下，指尖向前；同时重心后移，坐左腿，两肘向下向后收引，两掌拖回肩前（见图1-151）。

（5）双按左踹

重心前移于右腿上，双手同时向前推按；左脚提起，脚掌略向斜摆，高不过膝，向前下方发劲踹出，眼看前方（见图1-152）。

【要点】①拖掌、绕穿、挤式一气呵成，以旋腰为主动，动作圆滑柔和。②双按掌与左踹脚要协调一致发劲。

【用意】遇对方上攻下踢，我即采化上势，旋腰向左穿托其

图1-151　　　　　　　　　　图1-152

踢来之脚跟，上步拔其根后双手将其挤倒。对方又抢上前，我即向后化来势，然后踹其膝，推击其肩，使上下受挫。

45. 上步二起脚（西）

（1）叉步合抱

接上式左脚斜摆落步，腰略左转，重心前移，屈膝坐左腿成交叉步，半面向西南方向；两手同时外旋，手腕平胸相交，手心向面抱合（见图1-153）。

（2）提膝转腕

重心全移至左腿，右脚提起，大腿提平，两手腕内旋，翻手心向外，右手在外。

图1-153

（3）展臂右蹬

左腿独立站稳，右大腿提平（高于腰）；两手扇形向左右分展，腕平肩高，手心向外；同时右脚掌背屈，足尖上翘，以脚跟向右（西）蹬；眼看右方（见图1-154、图1-155）。

（4）前摆落步

右脚蹬出后，屈膝收回小腿，脚在体前向左摆落，两腿交叉，脚尖在左脚外侧落步（见图1-156）。

（5）叉抱提膝

图1-154　　　　　　　　　　　　图1-155

两肘同时下沉，两手弧形内收于胯前，同时以两脚前掌为轴向左转体约270°至面向西北时右脚跟着地站稳。两手经腹前交叉手腕提抱于胸前，手心向内，右手在外；同时左膝屈提大腿水平以上（见图1-157）。

（6）展臂拍脚

两手旋腕使手心向外，并左右张展平肩，同时向西踢起左脚，脚面展平，脚尖向前，左手迎拍，击响脚面，眼看左手方向（见图1-158）。

图1-156　　　　　图1-157　　　　　图1-158

【要点】二次起脚的腿法要连贯流畅，转体时两手动作要协调配合，不可举臂停留不动等待转体完成后才抱合，拍脚时应以踢脚为主动，与手相击响。

【用意】两手展分是引动对方注意，然后以脚蹬击或飞踢攻击对方，手动为虚，脚打为实。

46. 大将（东南）

（1）落步左托

左脚蹬出后，小腿收屈，与右脚距约10厘米落地成并立步，同时左掌外翻成仰掌上托，右手小臂内屈，右掌掌心朝前，指尖向左摆于胸前，眼看左方（见图1-159）。

（2）右转平摆

重心移至右脚后右膝略曲蹲，左脚脚跟离地外碾，右旋腰上体半面转向东北；左手随转体向右平摆，右手不变（见图1-160）。

图1-159

图1-160

（3）撤步右捋

重心回移于左脚上，右脚向西南方向伸出撤步，脚掌先着地，随脚跟着地脚尖即撤向西南。同时左脚亦内扣，重心右移成右弓步。随着向右转体，左臂前伸，左腕内旋翻掌心向下压、向右捋至东南方向。右掌略转向斜下，眼看右前方（见图1-161）。

（4）裆步撅臂

继上势，重心继续压向右腿，塌腰略左转成横裆步；同时两腕外旋握拳，拳心向上，左小臂水平滚动下挫，右手抱拳贴于右腰旁，目视前方（见图1-162）。

图1-161　　　　　　　　　　　图1-162

【要点】①注意四个分解动作的方位。②由挒变化为撅臂动作，手的位置相对固定，不必左右圈摆，只是旋腕滚臂，手的高低前后位置不变。③发劲撅臂是先弓步后稍左旋腰成横裆步，符合"欲右先左"的原则。④完成式右横裆步是在西南-东北方向上。左臂前伸在东南方向上。面向东南。

【用意】对方的前冲势猛，我即以右手握接其右腕，左手平托其右肘，顺其前冲之势向右转体捋化，并突然翻腕滚臂撅其右肘使反关节脱白。

47. 右背靠（南）

（1）右转左截

腰向右转，左前臂随之向右摆截，向内划弧，左拳顺时针弧形收至右腹前，同时右拳先内转拳心向下，逆时针向外向前弧形摆动至右前方（见图1-163）。

（2）左转右截

继上势腰向左转，重心左移弓左腿，左拳经腹前向左滑动至左腰旁。以拳面叉腰，拳眼向上，眼看左前下方，右拳外转，拳心向上，前臂向左滚截至左前方（见图1-164）。

| 图1-163 | 图1-164 |

（3）右转抖靠

动作（1）、（2）重复一次之后，重心右移，弓右腿腰向右转；同时右前臂向内旋，使尺骨一侧翻向外，右拳提经面前向额的右上方掤架，拳心向外；右肩向右后方抖靠，此时左拳叉腰，左肩斜下，右肩斜上，眼看前方（见图1-165、图1-166）。

| 图1-165 | 图1-166 |

【要点】①两前臂来回弧形运动摆截要柔和、连贯、圆滑。②左拳叉腰后，右肩臂运动向右要发劲抖弹。

【用意】蓄而后发，右臂滚动架截对方向我头部攻击并以右肩背的抖弹劲靠击对方。

48. 兽头势（南）

（1）左坐右截

重心左移，腰向左旋，右前臂边外转边向左前下方弧形滚截，拳心向里，高约平眼（见图1-167）。

（2）右转左格

继上动，右拳向左横下落收经右腹前，同时重心右移，腰向右转；左拳离开左腰向左穿绕，顺时针摆伸上提至左上方，拳心向面（见图1-168）。

图1-167　　　　　　　　　　　图1-168

（3）马步抖弹

腰继续向右卷劲，左前臂向右格截，当左拳运动至面前中线位置时向下收屈，前臂横于腹前，拳心向里，拳眼向上。腰猛然向左转，爆发抖弹劲，使右拳经左前臂上方以拳背向前弹击，拳眼向上，高与胸平。此时重心落于两腿间成马步姿势（见图1-169）。

图1-169

【要点】两臂左右缠绕蓄劲，以腰为主宰；马步抖弹时应含胸拔背，发劲要短促集中。

【用意】我以前臂左右缠绕滚压截断对方攻势，如对方扣拿我之左臂，我即用右拳以抖劲弹击对方胸肋。

49. 金凤振羽（西—东）

（1）右转掤架

重心右移，成右弓步，腰向右扭转；左拳内转向左胯下落，右拳边向内翻腕边往上掤架于右额前上方，头向左转回望（见图1-170）。

图1-170

（2）独立劈掌

左脚向左前迈进一步，屈膝半蹲站稳；右脚随即靠于左踝内侧，脚尖上挑，使脚掌平行地面成独立步。同时右拳变为侧掌向左下劈落于左胯旁，掌心斜向后；左拳变掌经胸部穿向右上方，停置于右肩前，掌心斜向外下方，眼看右前方（见图1-171）。

（3）跟步挑掌

右脚向前上一步，膝关节微曲，左脚随之跟前半步，体重偏落于左腿。同时，两臂保持弧形右上左下分开，右掌食指领劲上挑，高与眼平，掌心向左；左掌下落于左胯前，掌心向里，贴近左侧小腹，眼看右手（见图1-172）。

图1-171

图1-172

（4）转身横拳

右脚尖里扣，身体左转，重心移于右腿上，收左脚尖点地成丁步。同时右臂收屈成弧形，右掌内旋使掌心向下与右肩相平。左掌外旋翻掌心向上，置右胯前，与右手合成抱球状。然后，左脚向左前进一步，脚尖朝东，膝关节微曲，右脚跟进半步，体重偏落于右腿，同时左手握拳，拳心向上自右胯前往左上方斜向横击，高与左肩平。右手握拳经胸前收落于左胸前，拳心向下，拳面对左肘内侧。眼看左拳（见图1-173、图1-174）。

图1-173   图1-174

（5）进步劈掌

紧接上动右腿上提，脚尖上勾，脚掌向前下方盖步踩落；与此同时右拳外旋，边拧拳心向右边经胸前上提，经鼻尖向前钻出，再向内旋腕成掌下按于胸前，指尖向前。当右脚落地，左脚随即经右踝旁向前上一步，膝微曲，脚尖朝前，重心下落偏于右腿，左拳收回胸前后，与右手相对运动，左拳及前臂经右手背向上钻出并向内翻腕成掌朝前下方劈落，掌心向下，高与肩平，眼看前方（见图1-175、图1-176、图1-177、图1-178）。

【要点】①分解动作（3）及（5）均成虚步，但两脚掌全踩地，十趾抓扣地面，重心偏坐于后腿，两胯略向内缩，两膝

图1-175　　　　　　　　图1-176

图1-177　　　　　　　　图1-178

微向内扣。前膝屈曲不超过踝，两肩松沉，顺步动作的一侧肩窝稍向后缩，臂向前顺出，肘尖下垂。是为三体式。②上下合一，步与手法紧密协调，一动俱动。

　　【用意】对方向我右侧击来，我不退避反而向右侧逼进，以右掌斜劈对方颈部，左手护面及右肩。敌退，我又再进一步，以左手采对方右腕，右手向上挑打其右腋下。敌从左侧进击，我即翻身以横拳挥截并打击对方左胁；对方闪击，我又再跟进，以右手抓牢对方左腕，以左掌劈击其肩关节。

50. 收势（南）

（1）左坐展臂

重心左移，左脚略扣，坐左腿，两手向左右两侧伸展平提（见图1-179）。

（2）虚步七星

右脚内收向南出半步，脚前掌着地，足跟离地成虚步；同时两手自两边向中间收合握拳相交叉，左拳心向里，右拳在外，拳心斜向下，高与胸平（见图1-180）。

图1-179

图1-180

（3）翘脚叉掌

右脚改为足跟着地的虚步，重心仍坐于左腿上；同时两拳变掌，手腕内旋，使两手从下向内翻转一圈，两腕仍相交，但变左掌在外，都成侧掌，掌心分向左、右斜下方。眼向前看（见图1-181）。

（4）抹掌垂臂

两掌翻转成掌心向下，右掌在左掌背上抹开，两手分向两侧斜下采按于大腿外侧，掌心

图1-181

向下，指尖向前，右脚收回，与左脚成开立步（见图1-182）。

（5）立正还原

左脚向右脚靠拢并立，两腕下垂成立正姿势的还原式（见图1-183）。

【要点】虚步与叉拳一致，两拳翻转与右脚足跟着地一致，

图1-182

图1-183

虚步时注意收臀，头容正直。

【用意】设对方直攻我右胸，我即坐左腿，两手向中路交叉架托对方直拳；对方变擒拿我左腕，我即翻腕解脱其擒拿并以右脚踩踏对方；对方双拳绕弧夹击我头部，我即平抹两手，抓其两腕向下采劲，或待其身体前倾再提右膝撞击其面部。

二、四维剑运动套路

（一）四维剑架式名称及分解动作口令

1. **大鹏展翅（南）**
（1）右左划弧
（2）叉步接剑
（3）弓步横刺

2. **大魁星式（东）**
（1）丁步挑剑
（2）独立反刺

3. **力劈华山（东）**
（1）落步挂剑
（2）弓步直劈

4. **燕子入巢（东）**
（1）丁步左带
（2）撤步右抹
（3）丁步卷抱
（4）弓步直刺
（5）叉步右格
（6）左横开步
（7）左坐平摆
（8）仰身云剑
（9）丁步斜劈
（10）弓步右带
（11）撤步分剑
（12）虚步抱剑

5. **小魁星式（东南）**
（1）叉步领剑
（2）虚步前指

6. **一鹤冲天（东）**

（1）向左踏步
（2）独立上刺

7. **左右拂尘（东）**
（1）落步右挂
（2）垫步左挂
（3）仰身平刺
（4）插步反撩
（5）左转平扫
（6）仰身云剑
（7）丁步斜劈

8. **青龙探爪（东北）**
（1）弓步斜击
（2）摆步左带
（3）收步卷抱
（4）弓步上刺

9. **乌龙摆尾（西南）**
（1）收步反穿
（2）回身后截

10. **白蟒翻身（东北）**
（1）插步挑剑
（2）弓步反刺（东北）
（3）收步左挂
（4）马步横截（东）

11. **浪蝶翻花（东北）**
（1）收步左挂
（2）摆步右挂
（3）盖步左劈

（4）右后转体

（5）独立下劈

12. 雁落平沙（西南）

（1）歇步后刺

（2）右转平扫

13. 童子拜佛（西）

（1）虚步前指

（2）勾膝前刺

14. 游龙戏水（西）

（1）叉步平斩（西）

（2）弓步直刺（东）

（3）收步卷抱（右转）

（4）回身平斩（西北）

（5）左转穿剑（东南）

（6）摆步扣腕（西南）

（7）行步穿剑（五步一周）

（8）左坐侧云（西）

（9）提膝下截（西）

15. 云罩巫山（西，左手剑）

（1）盖步抽剑（换手）

（2）弓步前截

（3）翻腕横截

（4）举剑上架

（5）左转斜截

（6）跳步横截

（7）举剑上架

16. 洞箫横吹（立步抽剑，西）

17. 回眸一笑（西北）

（1）右后撤步

（2）提膝下劈（东北）

（3）左踢前指（西）

（4）叉步反撩（西北）

18. 彤云蔽日（西北）

（1）左转平摆（360°）

（2）仰身云剑

（3）独立抱剑

19. 蜻蜓点水（跃步下点，西北）

20. 犀牛望月（东南，回望西北）

（1）向左撤步

（2）弓步回抽

21. 丹凤朝阳（西北）

（1）虚步下截（东南）

（2）扣步挑剑

（3）独立下点（西北）

22. 翻江捣海（西南）

（1）丁步左带

（2）上步右带

（3）收步卷抱

（4）弓步直刺

（5）举剑提膝

（6）踢脚后点

（7）回身抱剑

（8）弓步下刺

（9）歇步后刺

23．风卷残荷（东北）

（1）弓步反刺

（2）抱剑右转

（3）弓步斜击

24．凤凰还巢（西）

（1）左转拍剑

（2）虚步分剑

（3）跳步前刺

（4）马步藏剑

（5）弓步直刺

25．怀中抱月（丁步回抽，西）

26．玉女穿梭（西北—西南）

（1）摆步分剑

（2）弓步上刺

（3）绕步分剑

（4）弓步上刺

27．金针倒悬（虚步合抱，西南）

28．肘底剑（东南）

（1）插步分剑

（2）碾脚左转（360°）

（3）歇步后刺（剑尖向东）

29．分花拂柳（东南—西南）

（1）旋转右扫（360°）

（2）独立摆剑

（3）击步带剑（东行三步，击一步）

（4）跳步反崩（东北）

（5）（回身、右）独立直劈（西南）

30．潜龙卧波（西）

（1）仆步（东）抽剑

（2）弓步直刺

（3）收步左挂

（4）摆步右挂

（5）跳步举剑

（6）歇步左截

（7）翻身压剑

（8）仆步反穿

（9）弓步平刺

（10）右转领剑

（11）虚步前指

（12）向左踏步

（13）并步平刺

31．白鹤晾翅（西）

（1）腕花撤步

（2）独立反刺

32．燕子衔泥（西南）

（1）落步左挂

（2）跳（插）步下点

33．金鸡振羽（西）

（1）左转右撩（东）

（2）翻身斜劈（东）

（3）举剑回望（左独立，东）

34. 太公垂钓（西南）

（1）撒步腕花

（2）插步后截

（3）（上步右转）弓步反截

（4）腕花撒步

（5）右转提剑

（6）盘膝下刺（进步）

35. 回龙吐珠（东北—西南）

（1）撒步崩剑

（2）插步绞剑

（3）退步绞剑（退三步）

（4）丁步挑剑

（5）跃步前点

36. 左右提鞭（西）

（1）插步左带

（2）虚步架剑

37. 李广射石（南）

（1）落步左挂

（2）摆步右劈

（3）左转上撩

（4）插步横抱（接剑）

（5）车马平展

38. 收势（南）

（1）搂膝虚步

（2）上步划弧

（3）并步还原

（二）四维剑套路详细图解

持剑立正，左手持剑，剑尖向上，左手手心向后，剑体垂直地面。右手掌心向内，指尖下垂，轻贴大腿外侧；两脚并拢，脚尖向前，自然直立成立正姿势。头容正直，平视前方。（见图2-1）。

图2-1

1. 大鹏展翅（南）

（1）右左划弧

右手成剑指经小腹前向左上经左肩、面前，向右划弧侧指，然后左手持剑经腹前向右上经面前向左侧伸平，手心斜向下，指尖向东，眼随手动（见图2-2、图2-3、图2-4、图2-5）。

图2-2　　　　　　图2-3　　　　　　图2-4

（2）叉步接剑

右脚向前摆步，重心前移，右转腰坐腿成交叉步。同时两手向右肩前收屈，左手立剑，剑尖向南；右手成掌接剑柄。眼平视前方（见图2-6）。

图2-5　　　　　　　　图2-6

（3）弓步横刺

左脚向东横开步，重心左移左旋腰，两脚以前掌为轴辗转，成左弓步，上体向东；同时两手平胸左右伸展，右手立剑向南直刺，左手剑指手心向下，指尖朝北。眼看剑刺方向（见图2-7）。

图2-7

【要点】①左手持剑式，前臂须与剑脊贴紧。②左右划圆时，眼须与动作配合。③刺剑以蹬腿转腰为主动力。④叉步与完成式弓步时均须注意上身正直，松胯塌腰。

2. 大魁星式（东）

（1）丁步挑剑

右脚稍向后撤，左脚随即收回成左丁步；同时右手先仰腕，手心向上绕一小弧，剑从西向上向东再向下向后划一圆弧拖回至右胯外侧，挑剑竖立，左手剑指在剑划至正东时合于右手腕，腰向右转，与拖剑一起向后收。在挑剑时，剑指经右腰向上立腕置右肩前，指尖向上，手心向剑。眼看剑尖（见

图2-8

图2-8、图2-9、图2-10、图2-11）。

图2-9

图2-10

图2-11

（2）独立反刺

左大腿提平，小腿收屈，脚尖下垂，腰左转，剑指经右肩、眼前，向左前指，手心斜朝下。剑指与左膝方向一致，高与眼平。同时右手握剑向上向左划一大圆弧往左反刺；右臂上举，右腕在头的前上方，剑尖略低于手腕。眼看左前方（见图2-12）。

【要点】收左脚与挑剑一致，完成独立步与反刺剑一致，独立时要稳定，左膝方向与剑尖及剑指方向一致。

图2-12

3. 力劈华山（东）

（1）落步挂剑

左脚掌斜摆下落，腰向左转，重心落左腿，剑尖自上向下向左在体侧划竖面圆后挑起；同时剑指按右腕落至左腰侧，眼随之望后（见图2-13）。

（2）弓步直劈

右脚向前上一步，重心前移，左腿后

图2-13

蹬，成右弓步。同时右腕内旋，手心向外握剑自后向上划大圆向前劈下，立剑平肩，力在剑刃中段，当剑向上运动时剑指转手心向上离开左腰向后运动，随剑的轨迹先向后划弧再上举。当剑与右臂平直及右弓步完成时，左手剑指上举，背屈架于额的前上方。眼看前方（见图2-14、图2-15）。

图2-14 图2-15

【要点】注意要身剑合一，腰左转与挂剑配合，完成右弓步及剑指上架与劈剑配合。总体动作都主宰于腰，而局部动作则挂剑用力在手腕，力点在剑尖及其后的一小段剑刃。劈剑用力在臂，着力点在剑刃之中段。

4. 燕子入巢（东）

（1）丁步左带

重心后移，右脚收回至左内踝前点地成丁步。同时右旋腕使手心上仰持平剑向左带，剑指落于右腕。眼看剑尖（见图2-16）。

（2）撤步右抹

右脚向后斜撤一步，脚掌先落地，重心后移，腰向右转，坐右腿，左腿自然伸直；同时右腕内旋，翻手心向下

图2-16

持平剑向右侧拖抹。剑指仍按右腕。眼看剑把（见图2-17、图2-18）。

图2-17　　　　　　　　图2-18

（3）丁步卷抱

右脚曲膝站稳，收左脚成丁步，右手继续向右向下划小圆并向外旋腕持剑于右腰旁，剑指仍按右腕，眼看左前方（见图2-19）。

（4）弓步直刺

左脚向斜前方（东北方向）出步，重心前移成左弓步；右手手心向上持剑经右腹前刺出，剑身平胸高，剑尖方向与左脚尖方向一致。同时左手转手心向上，剑指经腹前向左向上划圆弧，架于左额前上方，手背向额，指尖向右。眼看前方（见图2-20）。

图2-19

（5）叉步右格

重心移在左腿上，右脚向前盖步落于左脚尖的左前方成交叉步；同时，腰略右转，右手向内转翻

图2-20

手心向下持剑展臂往右侧带格，剑把向外平肋高，剑尖向内平

眼高。左手亦助势张展，坐腕使指尖与剑尖相对。眼看右前方
（见图2-21、图2-22）。

图2-21　　　　　　　　　　图2-22

（6）左横开步

左脚向左横侧稍偏前迈一步，重心左移。

（7）左坐平摆

重心坐于左腿，腰向左转，右手手心向下持平剑向左摆
动；同时左手剑指亦向体前收合，置右肘下方。眼看剑尖（见
图2-23）。

图2-23　　　　　　　　　　图2-24

（8）仰身云剑

右手内转仰腕持剑向后右再向前云转，上体略向后仰，左
手向左外侧伸展。眼看右前方（见图2-24）。

（9）丁步斜劈

剑向左下斜劈，左手剑指置右肩前，右脚尖收至左踝内侧成丁步（见图2-25）。

（10）弓步右带

右脚向右前方落步弓腿，同时右腕内旋随重心移动以剑外侧刃向右带落，剑指仍附于右腕。眼看剑尖（见图2-26、图2-27）。

图2-25　　　　　　图2-26　　　　　　图2-27

（11）撤步分剑

轻提左脚稍向后撤，重心后移于左腿上，腰微左转，右脚亦随之收回半步，前脚掌着地，足跟离地；同时两手左右分开，右手仍握平剑。眼看剑身（见图2-28）。

图2-28　　　　　　　　　图2-29

（12）虚步抱剑

重心稳坐左腿，腰左转成右虚步；右手外旋手心向里立剑向左腰侧抽回，剑与上体平行，剑尖高平眼；同时左手屈肘，剑指按于剑镡上。眼看剑尖（见图2-29）。

【要点】①左带剑或右带剑都要以外侧剑刃着力，设触点由剑刃的末端向剑尖方向滑动，剑体略斜，剑尖高与眼平，剑把平肋；剑的两侧刃同一对称点在相同水平高度，即所谓"平剑"。②云剑要求剑身在面前上方基本划成平圆，不可不上不下，不竖不平乱舞。③抱剑以剑把着力，带动剑身回抽，完成式时两手臂在体前屈曲成一整圆，若于怀中抱圆月。

5. 小魁星式（东南）

（1）叉步领剑

右脚足跟内转，前掌为轴碾地约90°之后踩地，重心前移坐右腿，腰右转，左脚脚跟离地成交叉步。同时右手边向内旋腕，边提剑经面前向上架托，剑指仍附右腕上。眼看前方（见图2-30）。

（2）虚步前指

当右手翻腕领剑架于右额前上方时剑身平直，立剑，剑尖朝前。重心坐稳于右腿上，左脚向右前方上一步，前掌着地，足跟离地成左虚步。同时左手剑指自右腕分开向前指出，手心朝前下方，剑指尖平眼；剑尖、左足尖与剑指方向一致。眼看前方（见图2-31）。

【要点】重心转移要与领剑配合，左虚步与架剑前指一致，并注意完成式时虚步的准确性。

图2-30

图2-31

6. 一鹤冲天（东）

（1）向左踏步

左脚向左侧移开一步，脚跟先着地，重心随之左移；同时左手剑指向左向下向内划弧落于左腰侧，右手握剑向右下划弧卷抱于右腰侧，眼随剑指移动（见图2-32）。

（2）独立上刺

左脚站稳，提右大腿，小腿收屈，脚尖下垂于左膝盖前内侧。同时两手自腰旁向体前上方运动，右手仰腕平剑向前上方刺出，

图2-32

剑尖平额，剑把平胸；剑指按右腕上。眼看剑尖（见图2-33、图2-34）。

图2-33　　　　　　　　　图2-34

【要点】向左侧横开步时两手同时向两侧绕弧。完成左独立步时，两手同时向前伸出。精神要专注剑上，力达剑尖，上体既不僵木，亦不可过于前倾。

7. 左右拂尘（东）

（1）落步右挂

右脚掌斜摆向前盖落，重心前移，腰向右转；同时右腕背屈外旋，剑尖向下勾挂，剑指按右腕下落至右肋前分开，手心向面，与剑尖向后勾挂同时剑指向斜上伸展。眼看右手（见图2-35）。

图2-35

（2）垫步左挂

左膝上提，脚掌斜摆，脚尖向北往前垫出；右手持剑从右后侧上挑划弧，腰往左转，剑指在面前与右腕相合，剑向前下经身体左侧勾挂（见图2-36、图2-37）。

图2-36

图2-37

（3）仰身平刺

重心移落于左脚，上体继续左转，右脚向前踢（西略偏南），腹略前挺、仰体；右手仰腕平伸向东偏北刺出。左手剑指仰腕前指，与右脚踢出方向一致。眼向后回望剑刺方向（见图2-38、图2-39）。

（4）插步反撩

右脚向后顺剑刺出方向落步，左脚随即插向右脚跟后，前脚掌落地，足跟离地，腰向右转塌住。同时右手向内旋腕翻手心向下握剑顺时针平抡半周。继续旋腕使手心向后反手持立剑向东北方向撩出。左手屈肘，臂成圆弧，向内屈腕，剑指架撑于左额前上方。眼看剑尖（见图2-40、图2-41）。

图2-38

图2-39

图2-40

图2-41

（5）左转平扫

左脚前掌支撑地面，右脚内扣，身体向左旋转至向东南，重心移至左腿；同时右手手心向下持平剑以内侧剑刃向左水平摆扫，左手剑指手心向下向内收合于右肘下。眼看剑尖（见图2-42）。

图2-42

（6）仰身云剑

重心后移于右腿上，左脚尖上翘稍向外撇；上身后仰，腰向右转，同时右手腕外转，手心向上反手握平剑从面上平云向右划弧伸展，左手亦向左侧展开。眼看右侧（见图2-43）。

（7）丁步斜劈

左脚踏实，重心落于左腿，腰左转，右脚收至左踝内成右丁步；同时剑经右侧向前（东）下方斜劈，剑尖约与膝平。同时左手收屈于右肩前，手心斜向下，剑指斜向上。眼看剑尖（见图2-44）。

图2-43

图2-44

【要点】本式节奏分两段。前段分解动作由1～4要连贯，插步反撩稍停顿。第二段连接平云剑带斜劈。几个分解动作的方位要明确，动作意识清晰，步法、身法、剑法应紧密配合。

8. 青龙探爪（东北）

（1）弓步斜击

腰略微向左旋，右手握剑内收于左腰旁后随即右转腰，剑向右前斜上方削击。同时右脚向右前（东南）开步，重心前移，弓腿成右弓步。左手剑指先落于右肘弯后再向左后展伸，手心向

图2-45

下，指尖斜向下，高与肋平。眼看剑尖（见图2-45）。

（2）摆步左带

左脚掌斜摆向前落于右腿前交叉，重心移于左，同时右手手心向上持剑向左带，剑尖高与眼平，剑把在左肋前方，剑指按于右腕上。眼看剑尖（见图2-46）。

图2-46

（3）收步卷抱

右脚收于左踝内侧，脚掌与地面平行不落地；同时右腕内旋，手心向下，两手左右分开后分别划弧落于腰侧，手心俱向下（见图2-47）。

图2-47　　　　　　　　　图2-48

（4）弓步上刺

右脚向前（东北）上一步，重心前移成右弓步，两手同时向身前伸出，右手向外旋腕使手心向上持平剑斜向上刺出。剑尖高与额平，剑把平胸，剑指按于右腕上。眼看剑尖（见图2-48、图2-49）。

【要点】四个分解动作要一

图2-49

气呵成。1～4动作方向左转了90°。击、带、刺剑法表现要正确。

9. 乌龙摆尾（西南）

（1）收步反穿

右脚收回经左内踝旁，同时左手剑指外旋从右肘上方经面前手心向里往前上方反穿，右手向内旋腕持剑下落至腹前（见图2-50）。

（2）回身后截

右脚继续向后（西南）撤一步，重心仍坐左腿，右腿伸直成左弓步。腰向右后转，右手手心向下握平剑以右侧剑刃向右侧截击，剑身平行右腿；左手继续向斜上方伸展，剑指斜向上指，手心向头，从剑指至剑尖伸成一斜向的直线。头回望剑尖（见图2-51）。

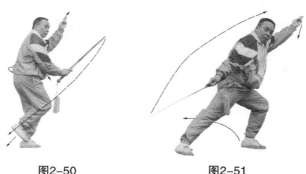

图2-50　　　　　　　　图2-51

【要点】剑指反穿上伸与平剑回身向后斜下截配合要一致。完成本式时左弓步架势略低，上身稍向左倾侧。

10. 白蟒翻身（东北）

（1）插步挑剑

重心右移，左脚插于右脚后；同时右腕上翘，将剑尖往上挑起，剑身上竖，左手收抱于腰旁，手心向上（见图2-52）。

（2）弓步反刺（东北）

两脚前掌为轴，上身左转，重心前移于右腿成右弓步；同时右手反手握立剑向上向前（东偏北）下方划弧刺出，右臂前伸，剑把平胸，剑尖平膝；左手亦向后上方伸展，反手手心朝西，指尖向北偏西（见图2-53、图2-54）。

图2-52

图2-53

图2-54

（3）收步左挂

重心左移，左腿微曲站立，收右脚以脚背勾挂于左膝弯后；同时右手向桡骨侧屈腕，剑尖向下向左钩挂上挑，剑把收回置左肋前，剑指亦向内收按于右前臂上。眼随剑动（见图2-55）。

（4）马步横截（东）

右脚向东落步，重心落于两腿间成马步姿势，双手平胸向两边分展，两腕相平，右手坐腕持立剑以右侧刃向右侧截击；左手亦坐腕向左侧撑伸。眼看剑身（见图2-56）。

图2-55   图2-56

11. 浪蝶翻花（东北）

（1）收步左挂

右脚收回左踝内侧不落地，同时右手向下屈腕使剑尖朝下向左勾挂，剑指横收于左胸前按右前臂上。眼随剑动（见图2-57）。

图2-57

（2）摆步右挂

右脚以脚掌斜摆向右（东）侧垫步，重心前移，两腿右前左后交叉，腰向右转；同时两手分开，右手反手以手心向外持剑向右后下方穿挂，左手手心向内，剑指斜向前上方伸展，指尖平额。眼看剑尖（见图2-58）。

（3）盖步左劈

左脚提起经右腿前向右侧盖落，两腿左前右后交叉，重心大部分在右脚上，面转向南；同时右手正手以手心向里握剑向上向左侧劈落，剑尖高与眼平，剑把平胸，剑指按右腕。眼看剑尖（见图2-59、图2-60）。

图2-58

图2-59　　　　　　　　图2-60

（4）右后转身

两脚跟稍离地，以前掌为轴向右后转体，至面向正北两脚跟落地，剑向下向右向上拉弧，剑把提至额上，手心朝前，左手剑指不变（见图2-61、图2-62）。

（5）独立下劈

上动不停，重心移至右腿后左膝提起，右小腿收屈，脚尖下垂成右独立步，上体轻微前倾；同时右手握剑向右前下劈，剑尖平膝，左手翻手心向上经腹前向左向上划圆弧，剑指坐腕，架于左额前上方。眼看剑尖（见图2-63）。

图2-61　　　　　　图2-62　　　　　　图2-63

【要点】挂剑应成立圆划弧，剑体靠近身体，动作不可松散。独立劈剑要注意身体平衡和稳定，上体不宜僵木竖直，亦不宜过分向前倾。

12. 雁落平沙（西南）

（1）歇步后刺

左脚向右脚之前盖步下落，两腿屈膝，重心下移坐左腿，右脚脚跟离地，右膝抵于左膝弯之后成坐盘势。同时腰向左略转，右手转手心朝上持平剑经腹前向左侧（西南）下刺，剑尖高与踝平。左手剑指经面下按于右臂弯之前。眼看剑尖（见图2-64）。

图2-64

（2）右转平扫

以两脚掌为轴，半蹲右转约180°，同时右腕内旋使手心向下持平剑随转体平扫，剑体距地面约30厘米；剑指按右腕。转至面向西南方向时，重心移至右腿上，右膝弓屈。眼看剑体（见图2-65、图2-66）。

图2-65   图2-66

13. 童子拜佛（西）

（1）虚步前指

左脚向前（西）上一步，全脚掌着地，同时左手向内旋腕使手心斜向下，剑指前指，右手持剑卷抱于右腰旁，手心向内，剑尖向前，眼看剑指（见图2-67）。

（2）勾膝前刺

重心前移，左腿屈膝半蹲站立，右脚收提于左膝弯后，脚掌背屈，勾挂左膝弯；同时右手持立剑向前刺出，手心向左，平胸高；剑指收回按于右肘弯前，眼向前平视（见图2-68）。

图2-67　　　　　　　　图2-68

【要点】半蹲要稳，头容正直；立剑刺出要平，沉肩顺臂，力达剑尖。

14. 游龙戏水（西）

（1）叉步平斩（西）

右脚扣步向前横落，重心前移；左脚向右脚后（西北）插步，腰左转；右手持剑下落向右后划竖面弧，剑尖经地面后向右上方平斩，手心向下，剑尖向西，平肩高。同时，左手剑指向左向上划弧，架于头前上方。回望剑尖（见图2-69、图2-70、图2-71）。

图2-69

图2-70

图2-71

（2）弓步直刺（东）

左脚向东上步成左弓步，剑经右腰旁向胸前刺出成立剑，平胸高。剑指按于右前臂。眼看前方（见图2-72、图2-73）。

图2-72

图2-73

（3）收步卷抱（右转）

右脚收回左内踝上方，以左脚掌为轴，上身右转，右手边向外旋腕使手心向上，边收回左腰旁持平剑，剑尖斜向下（向东北方向），剑指按右前臂上，两手腕相贴。头回望右侧（见图2-74、图2-75）。

图2-74

图2-75　　　　　　　　　　图2-76

（4）回身平斩（西北）

腰继续稍右转，右脚向右前方（西偏北）落步成右弓步；同时两手前后分展，右手平剑向右前上方平斩，剑尖平额高；左手向左外侧伸展，手心斜向下，剑指平肋，眼看剑尖（见图2-76）。

（5）左转穿剑（东南）

左手向上右经面前划弧下落至腹前，同时右手腕内旋，手心向外，虎口斜向下倒提剑把，以两脚掌为轴，上体左转，重心左移成左弓步；右手继续向外旋腕，手心向上经右腰旁将剑斜向东南推穿，剑尖平喉高；左手手心向下向左伸展。眼看穿剑方向（东偏南）（见图2-77、图2-78）。

图2-77　　　　　　　　　　图2-78

（6）摆步扣腕（西南）

腰右转，右脚经左踝向前摆步。重心前移，左脚跟离地使两腿右前左后交叉。同时右腕向右外侧拗扣，剑尖摆向西南方向，平胸高。左手上提坐腕，剑指架于左额前上方，左臂撑圆，眼看剑尖（见图2-79）。

图2-79

（7）行步穿剑（五步一周）

两手动作不变，左脚开始向右前扣步行第一步，右脚摆步，行第二步；接着两脚交替循一圆弧轨迹再行三步——左扣，右摆，左扣，左脚踏于东方，脚尖向南，共行五步。眼看剑尖（见图2-80、图2-81、图2-82、图2-83）。

图2-80

图2-81

图2-82

图2-83

（8）左坐侧云（西）

继上势，重心向左移于左腿上，上体向左倾侧，剑指收回左腰旁，手心向上。右手持平剑向右顺时针转至右侧时翻手心向下继续将剑作顺时针划圆，使剑在身体右侧云转一圈（见图2-84）。

图2-84

（9）提膝下截（西）

当剑云转至面前左侧时，重心开始向右移，左膝收屈提起，使脚掌置右膝前，脚尖下垂，成右独立步；上体朝西南方向，同时剑继续顺时针圆弧向前（西）下方截，剑尖高与膝平。剑指边内旋弧形收至左肩前，手心向下，指尖与剑尖方向一致。眼看剑尖（见图2-85）。

图2-85

【要点】①平斩剑要与弓步方向一致，剑与大腿上下相合。②行步穿剑时步态要稳定，不可高低飘浮晃动；左右左右左共扣摆五步，走成一个小圆周。

15. 云罩巫山（西，左手剑）

（1）盖步抽剑（换手）

左脚向右脚前方盖落成两腿左前右后的交叉步，两膝曲屈半蹲；右手转手心向里将剑把抽回左肩前，剑体平直，刃向上下。同时左手亦同握剑柄，两手心相对。眼看剑尖（见图2-86）。

图2-86

（2）弓步前截

右脚向前（西）出一步，重心前移成右弓步；同时左手持剑向外旋向下落向右前方截击，手心向上握把于小腹前，剑尖斜向前下方，右手变剑指按于左小臂肘弯上。眼看剑尖（见图2-87、图2-88）。

图2-87

图2-88

（3）翻腕横截

弓步和剑指不动，左小臂带腕逆时针旋转，左手手心向里握剑横截于小腹前，剑尖向右。眼看前方（见图2-89、图2-90）。

图2-89

图2-90

（4）举剑上架

上动稍停然后两手上举，左手腕内转翻手心向外将剑横架于头的前上方；右手剑指亦坐腕上架于头的右前上方，手心斜朝上。剑指与剑尖相接。眼向前平视（见图2-91）。

图2-91   图2-92

（5）左转斜截

左手握剑向右下斜削，再外展逆时针旋腕，摆剑横压，然后以两脚前掌为轴，腰向左旋，弓屈左膝成左弓步向东南；同时左手持剑顺势斜向左下截击，剑把在小腹前，手心斜向下，剑尖平膝高，与左脚尖方向一致。右手剑指按落于左小臂肘弯前。眼看剑尖（见图2-92、图2-93、图2-94）。

图2-93   图2-94

（6）跳步横截

上身左转，同时左脚掌蹬地起跳，右脚向右前跨一步，脚尖向西落步弓膝，左脚后伸落步成右弓步向西。在跳步过程左手外旋手心斜向上持剑逆时针绕弧，在成弓步时左手心向里握剑横截于小腹前，剑尖向右，刃分上下，剑指不动仍按左前臂。眼平视前方（见图2-95、图2-96）。

（7）举剑上架

动作同（4）（见图2-97）。

【要点】换手接剑要迅速自然平顺，跳步要轻灵，整体协调。

图2-95

图2-96

图2-97

16. 洞箫横吹（立步抽剑，西）

重心后移，收右脚与左脚并拢，两腿自然直立，腰左转使上体朝西南。同时左手持剑向左肩前抽回，剑尖向前，剑体平直，刃分上下；右手外旋腕收回，使手心向里落左手前握把，两手手心相对。眼看剑尖（见图2-98）。

【要点】抽剑要劲力顺达，剑体平直，换手握把应自然顺遂。

图2-98

17. 回眸一笑（西北）

（1）右后撤步

右脚向后（东北）撤一步，左膝弓屈，右腿自然伸直；同时右手持剑，腕内旋翻手心向外举于额前上方；左手握成剑指向外旋腕手心向上落置左腰旁。头回转右后，眼平视前方（见图2-99）。

图2-99

（2）提膝下劈（东北）

重心移于右腿，提左膝，小腿收屈，脚尖下垂于右膝之前成右独立步；同时剑向前下方劈落，剑尖高与膝平。剑指向左划弧收于左肩前，手心向下，指尖与剑尖方向一致。眼看剑尖（见图2-100）。

图2-100

（3）左踢前指（西）

左脚脚面绷平，脚尖向前（西）踢出，同时剑指亦一起向前伸指，手心向下（见图2-101）。

（4）叉步反撩（西北）

左脚向前斜摆下落，右脚摆横（脚尖朝南）上一步，重心换于右脚上，随即左脚插向右脚后方（西北），脚跟离地，成右前

图2-101

左后的交叉步。同时右手外旋腕，反手握剑下落，剑尖经地面向前（西北）向上划弧撩举。当左脚后插步时，右手上举至头

前，手心向内，继续持剑向
左向下划竖圆从下方向右后
反手撩击；右臂伸平，剑尖
稍向下。剑指则下落转手心
向上经左腰旁，再向左向上
划弧坐腕架于头的左上方。
头眼回望剑尖方向（西北，
见图2-102）。

图2-102

【要点】提膝与下劈，左
踢与前指，插步与反撩剑均同时进行，上下相随，左右连贯。

18. 彤云蔽日（西北）

（1）左转平摆（360°）

以左脚掌与右脚跟为轴，上身向左后旋转180°并弓屈左
膝成弓步（向西北方向）；同时右手手心向下持平剑向左平肩
摆扫一周，左手剑指下落贴于右肘下交叉。眼看前方（见图
2-103、图2-104）。

图2-103

图2-104

（2）仰身云剑

重心后移坐右腿，上身稍向后仰，同时剑向左摆，右手内
旋腕翻手心朝前上方持剑继续在面前逆时针云转，两臂左右展

开（见图2–105）。

（3）独立抱剑

左脚外撇90°，重心前移，右脚提起，脚面勾挂于左膝弯后，成左独立步。同时两手收合于左肋前，右手手心斜向内抽剑，剑尖平眼，左手剑指落于右腕上。眼看剑尖（见图2–106）。

图2–105　　　　　　　　　图2–106

【要点】整个动作是剑体平摆逆时针划一大圆后回抽；云剑时注意平圆运动；抱剑时要两臂张圆。

19. 蜻蜓点水（跃步下点，西北）

右脚轻盈向右前方跃落，曲膝，重心前移，左脚立即跟进在右内踝旁脚尖点地成左丁步。同时右手腕内旋上举剑后往前下

图2–107　　　　　　　　　图2–108

点啄（西北），右臂略斜前下，剑尖高约平膝。左手向外划弧上举，剑指架于头前上方。眼看剑尖（见图2-107、图2-108）。

【要点】动作表现迅捷轻灵，完成式时上体挺拔，神贯于剑尖，外形洒脱。

20. 犀牛望月（东南，回望西北）

（1）向左撤步

左脚向左后方（东南）撤一步，脚尖、全脚掌先后着地成右弓步。

（2）弓步回抽

以左脚跟为轴外撤，脚尖朝东南；右脚内扣，上体左转，重心前移成左弓步。同时右手转手心向里持立剑向左抽回，剑把对左肩，剑体平直，与弓步方向平行；剑指按于右腕内，头回转。眼看剑尖（见图2-109）。

图2-109

【要点】抽剑主宰于腰，动作在剑把。本式姿势，剑体方向必须与弓步两脚连线平行。

21. 丹凤朝阳（西北）

（1）虚步下截（东南）

重心前移，右脚向前（东南）上步，脚前掌着地成右虚步；同时右手持剑向前向下落划弧向右后方截剑，左手剑指经右肩前，向上向前划弧指出，指尖平眼，眼看前方（见图2-110、图2-111）。

（2）扣步挑剑

右脚向东扣步，重心右移，剑从

图2-110

后向前挑竖于身体右侧，剑尖向上，剑指按落于右腕。眼看左前方（见图2–112）。

图2–111

图2–112

（3）独立下点（西北）

重心落稳右腿上，腰左转并提左膝成右独立步，面向西北；同时右臂前伸，提腕向西北方向点剑，右腕平肩，剑尖高与膝平，左手向上举，剑指架于头的左上方。眼看剑尖（见图2–113、图2–114）。

图2–113

图2–114

【要点】转身提膝动作要灵活稳定，精神贯注于剑刃。虚步下截剑时要坐腿收臀，悬顶正容。

22. 翻江捣海（西南）

（1）丁步左带

左脚向东偏南落步，重心后移，收右脚于左内踝前成右丁步；同时腰向左转，右手腕外旋握剑把往上往左经面前落于左腰前抽带剑，剑指下落按右腕上。眼看剑尖（见图2-115）。

（2）上步右带

右脚向右前（西北）上一步，重心前移成右弓步；同时右手内旋腕使手心朝下

图2-115

持平剑向前向上并向右侧斜带，剑把在身体右前方，高平肋，剑尖平眼高；剑指仍附右腕上。眼看剑尖（见图2-116）。

（3）收步卷抱

左脚上步靠近右内踝旁，脚掌与地面平行不落地；同时两手分向身体两旁展开划弧收合于右腰旁，手心俱向下，眼看左前方（见图2-117）。

图2-116　　　　　　**图2-117**

（4）弓步直刺

续上势，左脚向左前（西南）方向上一步，重心前移成左弓步，两手自腰间向前同时伸出，右手手心向下持平剑前刺，

剑尖平喉，左手剑指经腹前向左划弧
上举，架于头的左上方，手心斜向
上。眼看剑尖（见图2–118）。

（5）举剑提膝

重心前移，左腿站稳后右膝上顶，
小腿收屈，右脚尖下垂成左独立步。同
时右手腕内旋90°翻手心向外持立剑上
举；左手腕外旋背屈，转手心向前，剑
指收于裆前下指于右踝旁。眼平视前方
（见图2–119）。

图2–118

（6）踢脚后点

左手向左前划弧上举，腕内旋使手心斜向上，剑指架于左
额前上方，右手向右后划弧，臂平伸展，剑尖向右后方（东
北）点击。同时，右脚朝前（西南）踢出。眼回望剑尖点击方
向（见图2–120）。

图2–119　　　　　图2–120　　　　　图2–121

（7）回身抱剑

右脚收回，以左脚前掌为轴，右后转体180°面向东北。
同时两手收抱于腹前，手心俱向上，右手握平剑，剑尖略向
下斜，左手剑指托右手背。眼平视前方（见图2–121）。

（8）弓步下刺

右脚向前（东北）落步，重心前移成右弓步；同时右手仰腕持平剑往前下方推出刺剑，剑尖与膝平；左手仍捧右手背。眼看剑尖（见图2-122）。

（9）歇步后刺

两脚掌为轴碾地，上体右后转使两腿屈膝相交半蹲成歇步。同时右手腕背屈，手心向外持剑

图2-122

往后（西南）方刺，刃分上下，剑尖平膝；左手剑指经右肋及右肩前向左上方（东北）伸举，手心斜向内，剑指斜上指。眼看剑尖（见图2-123）。

图2-123

【要点】踢脚点剑时上身要正直，其他分解动作可随剑势需要作恰当的倾侧。

23. 风卷残荷（东北）

（1）弓步反刺

左脚向左前方（东北）上一步，重心前移，腰左转成左弓步。同时右手向桡侧屈腕挑剑举臂向上向前划圆弧反手持立剑往体前推刺，剑尖高与额平，剑指收按于右腕上。眼看剑尖

（见图2-124）。

（2）抱剑右转

续上势，重心在左脚，右脚收回左踝内侧，以左脚掌为轴向右后转体。同时右手持剑向下向左划圆，收剑于左腰旁，手心向上持平剑；剑指同时合于右臂肘弯之前（见图2-125）。

图2-124

（3）弓步斜击

续上势，当左脚尖及上身转至面北时，右脚向东北方向迈出一步，重心前移成右弓步；同时两手右前上、左后下分展，右手手心向上握剑斜击，剑尖平额，左手剑指手心向下高与肋平。眼看剑尖（见图2-126）。

图2-125

图2-126

24. 凤凰还巢（西）

（1）左转拍剑

继上势，左脚外撇，扣右脚，重心左移，弓左腿；同时随腰向左转，右手持剑向左后方向（西南）伸臂拍落，剑身水平，齐腰高，与弓步方向一致；左手剑指按右腕（见图2-127）。

（2）虚步分剑

图2-127

图2-128

续上势，重心后移，右腿曲膝下坐，左脚收回半步，脚距离地，脚尖朝前成左虚步；并随腰稍右转，右腕内旋翻手心向下握平剑往右抹开，左手亦往左分，两手平胯，手腕略向内扣，剑尖与剑指向前斜指向身体纵轴线的前方。眼平视（见图2-128）。

（3）跳步前刺

左脚向前踏蹬地起跳，右腿向上抽提，身体向前纵跃腾空；同时两手向前平伸，右手手心向下持平剑自腰间向胸前直刺，剑指合于右前臂（见图2-129）。

图2-129

（4）马步藏剑

续上势，剑刺出后，上体在空中左转270°，右脚与左脚先后落地，上身向北成右偏马步。右手握平剑收于胸前，手心向下，剑尖向西。左手手心向下盖右手背，剑指平伸于右前臂上。眼看左前方（见图2-130）。

（5）弓步直刺

左脚外撇约90°，上体左转，右

图2-130

脚向前（西）上一步成右弓步；同时右手转手心向上自腰间握平剑向前平胸刺出，剑指经腹前向左划弧上举，手心斜向上架于头的左前上方。眼看剑刺出的方向（见图2–131、图2–132）。

图2–131   图2–132

【要点】完成左虚步与右抹分剑要一致，要身剑合一，前刺跳步要在空中完成动作，并与马步藏剑一气呵成。做右偏马步时应塌腰，含胸拔背，顶头悬，小腹沉实，十趾抓地，落马有根。老年人跳跃不便，练此式时亦可以做成踏左脚，提右膝向前平剑刺，然后右脚向前扣脚落地，上体左后转，左脚向左横开一步，重心下落，坐腿完成偏右马步。

25. 怀中抱月（丁步回抽，西）

重心后移坐左腿，右脚向内收回成右丁步。同时上体左转，带动右手外旋，手心向内持立剑抽回体前，剑把在左腰前，剑体平行胸壁，剑尖平眼高；剑指下落按剑首。两臂在体前构成一整圆。眼向前平视（见图2–133、图2–134）。

【要点】注意虚步步型的正确性，右脚尖向西，半面向南抽剑时，剑把带引剑体弧线抽回。

107

图2-133

图2-134

26. 玉女穿梭（西北—西南）

（1）摆步分剑

右脚在左脚前摆步，脚尖向西北，同时腰向右转，两手左右平肋分开，右腕内旋手心向下持平剑向右抹，剑尖向身体中轴线前方。眼看右前方（见图2-135）。

（2）弓步上刺

续上势，上体继续右转，左脚向前（西北）上步，重心前移成左弓步；同时两手弧形收经腰旁再向体前伸出，右手仍手心向下持平剑向前刺，剑尖高与喉平。剑指按右腕内侧，手心向下。眼看前方（见图2-136）。

图2-135

图2-136

（3）绕步分剑

右脚向前（西北）上一步，左脚随之向前摆步，脚尖向西，两腿左前右后交叉相贴，同时腰左转，两手左右平肋分开，手心俱向下，剑尖及剑指尖均向身体中轴线的前方，眼看左前方（见图2-137、图2-138）。

图2-137

图2-138

（4）弓步上刺

上身继续左转，右脚向前（西南）上步，重心前移成右弓步；同时两手弧形收经腰旁再向体前伸出，右手心向下，平剑前刺，剑尖高与额平；剑指按右腕内侧，手心向下。眼看前方（见图2-139）。

【要点】转体进步要灵活稳定，剑势舒展，劲力集中。

图2-139

27. 金针倒悬（虚步合抱，西南）

重心坐右腿上，左脚向前（西南）上步，脚前掌着地成左虚步；同时右腕左旋使虎口向下，手心朝前握剑，剑尖向左划半圆后倒垂向地面。剑指仍按手腕，两臂在体前合抱成圆。眼看右手（见图2-140、图2-141）。

图2-140　　　　　　　　图2-141

28. 肘底剑（东南）

（1）插步分剑

左脚向后（西北）插步，面向南，同时两手向两侧分开（见图2-142）。

（2）碾脚左转（360°）

以两脚掌为轴，上体向左转约360°面向西南，两腿左前右后交叉；同时两手继续分展斜向腰前划弧，眼看左手（见图2-143）。

（3）歇步后刺（剑尖向东）

图2-142

图2-143

图2-144

继上势，两腿曲膝下坐，重心大部分在左腿，右脚跟离地，右膝盖向前抵住左膝弯成坐盘姿势。同时右手边向腰前划弧下落边向外旋腕，手心向上持平剑经腹前、左腰前向后下方刺出，剑尖向东偏南；剑指按于右肘弯前，左前臂与剑体平行，左肘盖剑脊上。眼看剑尖（见图2-144）。

【要点】三个分解动作要一气呵成，中间不停顿。坐盘时上体不可前倾或后倚，保持悬顶拔背。

29. 分花拂柳（东南—西南）

（1）旋转右扫（360°）

右腕翻转，手心向下持平剑；以右脚掌和左脚跟为轴，上体向右后转360°，剑面平地扫过，至面向南，剑指按右腕（见图2-145、图2-146）。

图2-145

图2-146

（2）独立摆剑

体位上起，左膝上提成右独立步，上体向西南；右腕外旋，仰掌心向上摆剑，剑尖向北，剑指立于右肩前（见图2-147）。

图2-147

（3）击步带剑（东行三步，击一步）

左脚向左外侧（东）落步，连续向左弧形行进两步，当左脚再迈出落地时迅即蹬起，右脚叩击左脚；手不变（见图2-148、图2-149）。

图2-148

图2-149

（4）跳步反崩（东北）

两脚碰击后，上身左转，左脚（向东）落地跳步，右脚向左前在东北方向落地，脚尖向西北站稳，两大腿相贴，左膝收屈，脚掌上翻成右独立步。同时右臂下垂，拗腕，使剑体上竖，尖向上崩。剑指架于头的左上方，眼望东北方向（见图2-150、图2-151）。

图2-150

（5）（回身，右）独立直劈（西南）

左膝上提高于腰，脚尖下垂于膝前，腰左转回身，剑向西偏南斜劈。眼看左前方（见图2-152）。

图2-151　　　　　　　　图2-152

30. 潜龙卧波（西）

（1）仆步（东）抽剑

左脚向后（东）落步，右腕内旋反手持剑柄向左肩前抽回；剑指按于剑镡上；上动不停，重心向下，右腿平伸成左仆步；两手抱剑于左腰前，剑尖高与眼平。眼视前方（见图2-153）。

（2）弓步直刺

重心前移成右弓步，立剑向

图2-153

前（西）直刺；左手向左侧伸展，剑指外撑，高于肩平（见图

图2-154

2-154）。

（3）收步左挂

重心后移使左脚支承体重，右脚收回左踝旁不落地；回屈右腕使剑尖向东经身体左侧勾挂（见图2-155）。

（4）摆步右挂

右脚向前（西）摆步，腰右转，右腕上翻使剑尖从左后向上向右下落勾挂，剑指经面向左侧前伸与剑左上右下成一斜线（见图2-156）。

图2-155　　　　　　　　　　图2-156

（5）跳步举剑

右脚用力蹬地起跳，左脚向西落步，剑划弧上举（见图2-157）。

（6）歇步左截

图2-157　　　　　　　　　　图2-158

　　紧接着，右脚向左脚之后插步，足跟离地，重心下移成歇步；剑向西下截，立剑平膝，剑指按右腕（见图2-158、图2-159）。

图2-159

图2-160

（7）翻身压剑

　　右脚向西横伸，腰右转，右膝弓曲成右弓步；右手反手持立剑向上向右下截，剑尖向西，高与膝平；剑指撑举于头后，眼看剑尖（见图2-160、图2-161）。

图2-161

（8）仆步反穿

　　腰左转使重心左移，复成左仆步，右手提剑上举向后划弧，在头左侧与剑指相合，手心向里反手持剑沿右大腿内侧向右侧平穿刺出。左臂斜向后上伸，剑指手心斜向上。眼看剑尖方向（见图2-162、图2-163）。

（9）弓步平刺

重心前移，撤右脚扣左脚成右弓步；右腕外旋成正手持剑向前（西）刺出，剑体平直，高与胸平，剑指附于右腕内（见图2-164）。

图2-162

图2-163

（10）右转领剑

撤右脚，腰右转面向西北，同时右手内旋，使掌沿一侧剑刃向上引领，高与头平，剑指仍按腕。眼望前方（见图2-165）。

图2-164

图2-165

（11）虚步前指

重心在右脚，左脚向西偏北上步，脚掌着地成虚步；左手剑指同时向前指出，指尖平眼，右手反手持剑上架（见图2-166）。

（12）向左踏步

左脚向左横侧出一步，面朝正西，左手同时向左向下划弧，绕抱于腰侧，右手持剑亦同时弧形下落于右腰侧，手心向上（见图2-167）。

图2-166

（13）并步平刺

右脚向左脚并拢，上体朝西直立，两臂同时前伸，右手手心向上，平剑前刺；左手捧托右手掌背，高与胸平。眼望前方（见图2-168）。

图2-167

图2-168

31. 白鹤晾翅（西）

（1）腕花撤步

右脚后撤一步，同时右手旋腕，使剑尖向下，向后再向上向前绕一圈，左手剑指按右腕（见图2-169）。

（2）独立反刺

重心后移至右腿上成独立步，右

图2-169

手正手握立剑，随身体后移向下向后拖剑，使剑尖从身体右侧挑起，逆时针划立圆，剑尖向头的前上方刺出，剑指撑按于左膝之上，左臂撑成弧形。眼看左前方（见图2-170、图2-171）。

图2-170

图2-171

32. 燕子衔泥（西南）

（1）落步左挂

左脚掌斜摆向前盖落，重心前移，右脚跟离地，腰向左转，剑尖先行，剑体靠近体前向左钩挂；剑指仍按右腕（见图2-172）。

（2）跳（插）步下点

右脚向西南方向扣脚上步，上身左转，左脚随即向右脚外外侧（小跳）插步，足跟离地，剑尖上挑顺时针划立圆向西南方向下落点击。剑指分开向头的左外方撑架（见图2-173）。

图2-172

图2-173

33. 金鸡振羽（西）

（1）左转右撩（东）

以左脚掌为轴碾地，上体右转面北，右脚内扣，右臂前伸，剑向东撩起，手腕高与额平，左手剑指划弧经面前落至右肩前（见图2-174）。

（2）翻身斜劈（东）

上身继续左转面南，重心移至左脚，右脚跟离地；右手剑以外侧剑刃向上提划弧从右上向左下斜劈，剑尖朝东，剑把平左腰前。然后剑指向下向左绕一小圆再按落右小臂内侧（见图2-175）。

图2-174

图2-175

图2-176

（3）举剑回望（左独立，东）

左脚站稳独立，右小腿向后平屈，足背平展，足掌朝上，两大腿内侧贴拢。右腕内旋持剑向上架于额前上方，剑指经面前向左指出，高与眼平。头左转，眼向东平视。剑尖、剑指与视线方向一致（见图2-176）。

34. 太公垂钓（西南）

（1）撤步腕花

右脚向东北撤步，同时右臂下沉，右手下落向西南方向绕一腕花，剑指落右腕上（见图2-177）。

（2）插步后截

重心移至右脚，左脚向东北插步，腰略右转，同时剑向后斜截，剑指收至右肩前（见图2-178、图2-179）。

图2-177

图2-178

图2-179

（3）弓步反截（上步右转）

上体右转，左脚向西南上一步，左腿自然伸直，右脚外撇弓屈成右弓步向东北方向，右腕内旋外翻，手心上仰反手持立剑，以下侧剑刃向前压截，剑指按右腕（见图2-180）。

（4）腕花撤步

右手展腕，剑尖下落向右后钩挂，再顺手持剑向前绕圆。同时，

图2-180

右脚向南偏西撤一步，剑指按腕。

（5）右转提剑

腰右转，剑向右侧拖带，左脚收经右踝旁向西南上一步。右手持立剑向右上方抽提，手心向外，剑指移按右小臂内侧。左脚变轻（见图2-181）。

图2-181

（6）盘膝下刺（进步）

左脚向右前出步，右脚再上一步，左脚盘膝提起，外踝及脚掌沿置右膝

上，剑向右绕经右腰侧向前下方刺出，剑尖离地约10～20厘米；剑指经腹前向左外侧伸举撑架。眼看剑尖（见图2-182、图2-183）。

图2-182

图2-183

35. 回龙吐珠（东北—西南）

（1）撤步崩剑

左脚向东北方向撤步，左腿自然伸直，右腕上抖，将剑体崩起，剑尖上挑；左手不变（见图2-184）。

（2）插步绞剑

右腕外旋上仰，平剑逆时针绞动；同时右

图2-184

脚向左脚后插步（见图
2-185）。

（3）退步绞剑（退三
步）

向东北方向轻灵地
连退三步，同时配合绞
剑三次（见图2-186、图
2-187）。

图2-185

图2-186

图2-187

（4）丁步挑剑

退第三步后，重心落于左脚，右脚收至左踝内侧点地成丁
步，右手沉肘坐腕将剑尖上挑，虎口向前，剑把收置右腰前使
剑体成侧立。剑指收按于右腕上，眼看剑尖（见图2-188）。

图2-188

图2-189

（5）跃步前点

右脚向西南方向跃出一步，左脚前跟在右踝内侧点地成丁步，右臂前探提腕点剑。左臂向左横伸，剑指坐腕，指尖斜向上，高与额平（见图2-189）。

36. 左右提鞭（西）

（1）插步左带

左脚后撤一步，重心后移。右手持剑上提并向外旋腕，手心上仰，右脚向左脚之后插步，剑向左侧立圆带引，左手收回在左肩前与右腕相合（见图2-190）。

（2）虚步架剑

以两脚掌为轴，上身右转；剑尖经左后向下再向前上方划弧，剑体上架于头的前上方，剑指仍按腕。

重心落于右脚，左膝微曲，左脚尖着地成左虚步；右臂上举，剑指在右肩前离开右腕经眼前指出，眼看剑指。左膝、剑尖、剑指方向一致（见图2-191）。

图2-190　　　　　　图2-191

37. 李广射石（南）

（1）落步左挂

左脚掌内碾，腰左转，剑向下向左后穿挂，同时剑指按右腕（见图2-192）。

图2-192 图2-193

（2）摆步右劈

右脚向左脚前交叉摆落，同时右手举剑向右侧劈落，剑尖高与膝平。左手向左划弧，剑指上举于头的外侧上方。眼看剑尖（见图2-193）。

（3）左转上撩

以两脚掌为轴碾步，上身左转，剑顺势由下向左前上方撩起，剑指按腕（见图2-194）。

（4）插步横抱（接剑）

右脚向左脚后插步，右手手心向内持剑横抱于胸前；左前臂合压于剑脊，左掌心压按剑把接剑（见图2-195）。

图2-194 图2-195

（5）车马平展

右旋腰，车马成右横弓步，两臂平展，左手持剑，剑把朝前，掌背向西，掌心向东，虎口向下。右手剑指后伸，眼看左前方（见图2-196）。

图2-196

38. 收势（南）

（1）搂膝虚步

腰略左转，左脚向南出半步成左虚步，左手持剑把自左膝前搂过，右手屈肘，剑指经耳旁向前指出（见图2-197）。

（2）上步划弧

左脚跟落地，右脚向前上一步，右手外旋，右剑指经右胯旁向右后上方划弧（见图2-198）。

（3）并步还原

图2-197

图2-198

图2-199

右脚与左脚成并立步，右手经耳前下按（见图2-199、图2-200）。

左脚收拢成立正姿势，右剑指手变掌，垂贴于右大腿侧。眼向前平视（见图2-201）。

图2-200

图2-201

三、四维刀运动套路

（一）四维刀架式名称及分解动作口令

1. 预备式（南）

（1）抱刀立正

（2）向左开步

2. 三环套月（南）

（1）双手外展

（2）胸前合掌

（3）下按并步

（4）左穿云掌

（5）开步搂膝

（6）立步冲拳

3. 花荣试箭（南）

（1）开步抛捶

（2）右转接刀

（3）车马横刺

4. 射雁式（东北）

（1）上步裹脑

（2）虚步藏刀（东南）

（3）并步扎刀（东北）

5. 雪花盖顶（东南）

（1）上步左挂

（2）（右）弓步劈刀

6. 蟠龙翻身（东）

（1）腕花上步（东,上左脚）

（2）右转带刀

（3）上步缠头

（4）弓步砍刀

7. 夜叉探海（东）

（1）收步左挂

（2）提膝下劈

8. 龙跃于渊（东）

（1）落步裹脑

（2）仆步斜砍

（3）弓步扎刀

9. 乌龙摆尾（西南）

（1）退步斜截

（2）退步裹脑

（3）回身斜截

10. 金蟾啮锁（西北）

（1）左转抽刀

（2）扣步缠头

（3）独立斜斩

11. 鹤鸣九皋（东北—西南）

（1）落步裹脑

（2）仰身撩刀

（3）落步左转

（4）独立挫刀

12. 一夫当关（东,面北）

马步横截

13. 哪吒闹海（东）

（1）勾膝左挂

（2）摆步右挂

（3）歇步下劈

（4）撤步缠头

（5）跪步下截

（6）开步带刀

（7）跪步斜削

14. 蜻蜓点水（东北）

（1）进步剪腕

（2）独立点刀

15. 魁星踢斗（东）

（1）插步裹脑

（2）架刀左踢

16. 遍洒甘霖（东北-西南-西北-东南）

（1）丁步按刀

（2）弓步斜架

（3）后坐云刀

（4）弓步拨刀（东北）

（5）后坐裹脑

（6）丁步按刀

（7）弓步斜架（东北）

（8）后坐云刀

（9）上步拨刀（西南）

（10）后坐裹脑

（11）丁步下按

（12）弓步斜架（西南）

（13）后坐云刀

（14）上步拨刀（西北）

（15）后坐裹脑

（16）（右）丁步下按

（17）弓步斜架（西北）

（18）后坐云刀

（19）上步拨刀（东南）

17. 沉鱼落雁（东）

（1）左转裹脑

（2）歇步斜劈

18. 左打虎势（西北）

（1）上步裹脑

（2）弓步左贯

19. 单摆莲脚（东）

（1）后坐换把

（2）抱刀摆莲

（3）虚步展臂

20. 二起脚（东）

二起击响

21. 右打虎势（西南）

（1）落步右转

（2）弓步右贯

22. 卧鱼刀（东南）

（1）插步缠头

（2）歇步左砍

23. 秋风送爽（东）

（1）右转平扫

（2）虚步反撩

（3）独立架刀

24. 风卷残荷（东，走一圆周）

（1）叉步撩刀

（2）虚步提刀

（3）摆扣行步（五步一周）

（4）左坐侧云

（5）勾膝右截

25．推窗望月（东）

（1）盖步左带

（2）弓步推刀

26．鹰击长空（西南）

（1）回身背刀

（2）独立斜劈

（3）落步按腕

（4）仰身后扎

27．神雕震羽（西）

（1）剪腕退步

（2）后坐拖刀

（3）架刀左蹬

（4）叉步左劈

（5）回身后截

（6）举刀垫步

（7）虚步下劈

（8）并步点刀

28．乱龙戏水（西－西南）

（1）盖步左砍

（2）弓步右砍

（3）跳步左劈

（4）回身平斩

（5）左转抽刀

（6）斩刀平衡

29．苏秦背剑（东）

（1）弓步带刀

（2）虚步背刀

30．拨草寻蛇（东）

（1）上步左扫

（2）上步右扫

（3）进步扫刀（共进三步，左、右、左）

31．大魁星式（东）

独立架刀

32．流星赶月（西北）

（1）落步下插

（2）马步平劈

33．回马鞭（东）

独立斜斩

34．燕子抄水（西）

（1）落步按腕

（2）仆步扫刀

35．霸王举鼎（西）

（1）丁步左带

（2）弓步架刀

36．铁臂横闩（东）

弓步左截

37．白鹤晾翅（南）

（1）右坐接刀

（2）虚步亮掌

38．童子拜佛（南）

弓步七星

39．抱原归一（南）

（1）退步分展

（2）抱刀立掌

（3）按掌还原

（二）四维刀套路详细图解

1. 预备式（南）

（1）抱刀立正

两臂自然下垂，左手掌心斜向上仰，托握护把；食指伸直贴刀柄，拇指及其他三指分扣护把两边。刀背贴前臂内侧，刀刃向外。右手垂掌，指尖贴右大腿外侧。两脚掌并拢立正。头容正直。眼前望（见图3-1）。

（2）向左开步

左脚向左侧横开一步，步幅与肩宽相同（见图3-2）。

图3-1　　　　　　　　图3-2

2. 三环套月（南）

（1）双手外展

两手分向两侧前斜方仰举划弧（见图3-3）。

（2）胸前合掌

两手划至头高，在体前中线收合至胸前，左前臂横援掤抱刀，刀刃向上，手心向里；右手立掌，腕根竖立于刀柄之上（见图3-4）。

（3）下按并步

右腕内旋，两手斜落分向两侧下按于体侧，右手心向下，左脚向内收回，与右脚掌并拢（见图3-5）。

图3-3   图3-4   图3-5

（4）左穿云掌

腰略左转，右手边向外旋腕边向左前（东南）上方穿出，高与头平时掌心斜上仰；然后腰向右转，带右手掤臂摆掌至右前斜方（西南），掌心仍向里；腰再略左转，同时右腕内旋在额前云转，掌心向外，眼随右手活动（见图3-6）。

（5）开步搂膝

右脚向右横开一步，脚尖朝南，重心右移，右膝弓屈；同时右手自头前斜向右侧下方划弧，自右膝前搂过，左手抱刀向右横伸于体前，刀柄向西。眼看右前方（见图3-7）。

（6）立步冲拳

左脚向右脚并拢，两腿直立，同时右手握拳自右腰侧经刀

图3-6   图3-7   图3-8

把向右侧平冲，拳心向前，拳面向右，左手抱刀垂于左大腿外侧。眼看冲拳方向（见图3-8）。

3. 花荣试箭（南）

（1）开步抛捶

左脚向左横开一步，左手抱刀经腹前向右上往左划弧下落垂于左腿外侧，手心向外；同时重心左移，弓左膝成左横弓步，右拳向下向右经体前往上抛举，上臂贴耳。眼看右侧前方（南，见图3-9、图3-10）。

图3-9   图3-10

（2）右转接刀

腰向右旋，左脚碾地成右横弓步；同时右拳下落至右肋旁成掌，掌心向里；左前臂亦提至胸前，手心与右手相对，右手接握刀柄。眼仍看前方（见图3-11）。

（3）车马横刺

向左旋腰，蹬碾右脚成左横弓步；右手持刀直线向前伸刺，刀刃向下。同时左掌坐腕向左、后撑推，掌心向后；两臂拉成一南北向的直线。眼看刀尖刺出方向（见图3-12）。

图3-11　　　　　　　　图3-12

4. 射雁式（东北）

（1）上步裹脑

重心在左脚，右脚向东南出步，脚跟先着地；同时右手持刀顺时针经脑后绕向左肩划弧作裹脑刀（刀背绕经右肩向左肩顺时针划圆），左掌收至右肩前（见图3-13）。

（2）虚步藏刀（东南）

重心移至右脚，左脚向前（东南）出步，前掌着地，足跟轻微离地成左虚步。同时刀刃斜向右下削落，右手坐腕往后抽把，刀体收藏于右腿外侧，刀刃向下，高约平右膝，刀尖向前，与左脚尖方向一致；左掌前推，掌心向前，指尖高与眼平。眼看推掌方向（见图3-14）。

图3-13　　　　　　　　图3-14

（3）并步扎刀（东北）

左脚向左侧（东北）迈出，足跟先着地，左手掌亦同时向左搂拨；重心前移使右脚向左脚并拢成立步，脚尖均向东北。同时右手前伸扎刀，高与胸平，左掌成侧掌收贴右肘内侧，指尖向上。眼看扎刀方向（见图3-15、图3-16）。

图3-15   图3-16

5. 雪花盖顶（东南）

（1）上步左挂

左脚向前（东北）上步，脚跟先落地，脚尖向前，腰左转，右腕外旋向身体外侧下方挂刀；左手掌指按右腕。头随刀法运动左转（见图3-17）。

（2）弓步劈刀

右脚经左踝内侧向右前方（东南）上步，重心前移成右弓

图3-17

图3-18

步；同时右腕继续内旋，随腰右转使手心向外持刀向上划弧往右前下方劈刀，刀尖高与肩平，与右脚尖方向一致，眼看前方。左掌向下后与劈刀同时亮掌撑架于头的外后方，略高于头部（见图3–18）。

6. 蟠龙翻身（东）

（1）腕花上步

右腕外展，由后向前抖一腕花；同时左脚向东上一步，左手按右腕（见图3–19）。

（2）右转带刀

重心后移，右膝弓曲，左腿自然伸直；腰右转带同右腕内旋使手心向下往右带刀，刀刃平向前，刀背架于左上臂外侧，左手仍按右腕。眼看左前方（见图3–20）。

图3–19　　　　　　　　图3–20

（3）上步缠头

左脚尖外撇，重心前移，右脚向前（东）上步；同时右手持刀使刀背经左肩外侧逆时针绕转缠头，左掌向下经腹前往左划弧（见图3–21）。

（4）弓步砍刀

重心前移成右弓步，刀向前下方斜砍，右手心斜向上，刀刃高与肋平；左掌撑架于头的左外侧。眼看前下方（见图

3-22）。

图3-21 　　　　　　　　图3-22

7. 夜叉探海（东）

（1）收步左挂

腰左转，右脚收回左踝内侧；同时右腕内旋，刀尖向下往左经体侧向后穿挂，左掌指在左腰旁按右前臂内侧（见图3-23）。

（2）提膝下劈

右脚以脚跟先着地向前（东）上步，脚尖略内扣向东北，重心前移，左膝上提成右独立步。同时两手分开，右手持刀上举划弧向前下方劈刀，刀尖高与膝平；左掌向左下划弧顺时针绕向头的左外侧上架。眼看刀背（见图3-24）。

图3-23 　　　　　　　　图3-24

137

8. 龙跃于渊（东）

（1）落步裹脑

左脚向后（西）落步，左掌斜落至右肩前，重心前移，同时右手持刀向右后绕经左肩裹脑（见图3-25）。

（2）仆步斜砍

续上势重心向下，右腿平伸成左仆步；同时左掌经面前向左后方斜上穿伸，掌心斜向上；右手在左肘外侧，手心向下持刀向前下方斜砍。刀体与右腿平行，刀尖在右外踝前。眼看右脚尖（见图3-26）。

图3-25

图3-26

（3）弓步扎刀

重心前移，成右弓步；右腕外旋，右手手心向左持刀，刀尖向前平扎，同时左掌指按于右前臂内侧。眼看前（见图3-27）。

图3-27

9. 乌龙摆尾（西南）

（1）退步斜截

重心后移于左腿上，右脚向右后斜退一步，右腿斜伸；右腕内旋，手心斜向下持刀往右后斜截，刀体与右腿平行。同时左腕外旋，掌心经面向左上方斜伸臂，上体斜向左侧靠，从左掌指至刀尖约成一斜向直线。眼看刀尖（见图3-28）。

图3-28

（2）退步裹脑

重心后移于右，左脚经右脚跟后往西插步，同时右手持刀裹脑，收左掌立于右肩前（见图3-29、图3-30）。

（3）回身斜截

续上势重心落于左脚，右脚向右后斜退一步，右腿自然伸直，右手手心斜向下持刀往右后方斜截。刀体与右腿平行，左手经面前往左上方斜穿，上体左靠，姿势与（1）同。眼看刀尖（见图3-31）。

图3-29   图3-30   图3-31

10. 金蟾咕锁（西北）

（1）左转抽刀

腰左转，重心左移成左弓步，右腕略外旋并曲右肘往右肩前抽刀，刀把抽至右胸前，刀体平直在右肩下，与左弓步平行。左掌指贴近右腕内侧。头回望刀尖。

（2）扣步缠头

上体左后转，右脚向东扣步，脚尖与左脚尖相距约10厘米成内八字；右手持刀经左肩缠头。左掌经右腋向左侧平推（见图3-32）。

（3）独立斜斩

重心移至右腿，左膝上提成右独立步。腰继续略向左转，上体往右微倚，刀向左前方（西北）斜斩。刀把高与头平，左掌向左侧上架，眼看斩刀方向（见图3-33）。

图3-32　　　　　　　　　图3-33

11. 鹤鸣九皋（东北—西南）

（1）落步裹脑

左脚向西落步，重心左移，同时右手持刀右后绕经左肩作裹脑刀，左掌指靠近右上臂内侧（见图3-34）。

（2）仰身撩刀

右手裹脑刀经左肩外侧随即向上提把至高于头顶以刀刃前端向前（东北）提撩；左脚站牢成独立步，右膝上提，脚尖前踢，高与小腹平，上体略向后仰。同时左腕外旋，仰掌心向上，掌指前撩。眼看前方（东北）（见图3-35）。

（3）落步左转

右脚掌内扣向前落步使重心前移，上身向左转（见图3-36）。

（4）独立挫刀

随腰左拧势左膝上提，脚掌置右膝前成右独立步。同时右腕外转，满把握刀向左前方（西偏南）挫截；左腕内旋翻掌心朝外掤臂上架。眼看挫刀方向（见图3-37）。

图3-34   图3-35   图3-36   图3-37

12. 一夫当关（马步横截，东、面向北）

右脚向右外侧落步，两脚在东西走向的轴线上；重心移至两腿中间成马步。同时右手持刀向内拧腕往右横侧推截成立刀，刀尖向上，刃向右。左掌指先合于右腕，与刀横截同时向左侧撑推，两腕平肋。眼看右（见图3-38、图3-39）。

图3-38　　　　　　　　　图3-39

13. 哪吒闹海（东）

（1）勾膝左挂

重心左移，收右脚勾接于左膝弯后；同时刀尖在体前向下向左勾挂；左掌指于左腹前合右腕上。眼随刀动（见图3-40）。

（2）摆步右挂

右脚向东摆步，腰右转成交叉步，同时右手反手持刀，刀尖向右下插再往后挂；右腕外转经面前伸举，掌心向里（见图3-41）。

图3-40　　　　　　　　　图3-41

（3）歇步下劈

右脚蹬地起跳，左脚向左侧（东）落地，右手在右侧举

刀。然后右脚在左脚后插步，上体下坐成歇步，刀向身体左侧
（东）劈落，高与膝平。左掌指按右腕内侧。眼看刀尖（见图
3-42）。

（4）撤步缠头

右脚向东撤半步，右手提刀从左肩绕向右后作缠头刀，并
向右转体（见图3-43）。

（5）跪步下截

右脚掌碾地，上体转至面朝北，重心移落于右脚，收左脚
至右踝内侧，足跟离地，上体下坐成右跪步；右手正手持刀在
右侧下截平膝，刀尖向北。左手扶按刀背。眼看右下方（见图
3-44）。

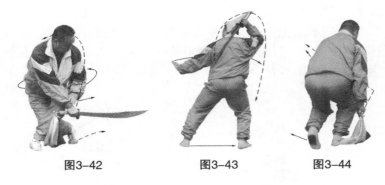

图3-42　　　　　图3-43　　　　　图3-44

（6）开步带刀

左脚向左横开一步，重心左移成左横弓步。同时右手提刀
向左带，刀背贴右上臂，左手掌指贴于右腕内侧。眼看东（见
图3-45）。

（7）跪步斜削

重心全落于左腿，上体下坐，收右脚至左踝内侧，足跟离
地成右跪步；右手手心向下持刀往右侧斜削，同时左臂斜向左
上伸穿，左掌背屈坐腕上托，指尖向西北，高与头平。眼看削
刀方向（见图3-46）。

143

图3-45   图3-46

14. 蜻蜓点水（东北）

（1）进步剪腕

右脚向东北上一步，右腕外缠使刀向左往前翻一周；接着左脚再上一步，刀在身体右侧再绕一腕花，左手掌指按右腕（见图3-47、图3-48）。

图3-47   图3-48

（2）独立点刀

左脚站稳，右膝上提成左独立步，右手再抖一腕花，右臂前伸向东北点刀，腕与肩平；左掌向头的左侧上架。眼看点刀方向（见图3-49、图3-50）。

图3-49　　　　　　　　图3-50

15. 魁星提斗（东）

（1）插步裹脑

右脚向左脚后插步，同时右手作裹脑刀，左掌在右肩前贴近右上臂（见图3-51）。

（2）架刀左踢

上身略右转，重心移至右腿上成右独立步；左脚提膝，脚面展平，脚尖向东踢出。同时右手持刀举臂上架，刀体平直，刀尖朝东；左掌指按于右腕。眼看东（见图3-52、图3-53）。

图3-51　　　　　　图3-52　　　　　　图3-53

16. 遍洒甘霖（东北—西南—西北—东南）

（1）丁步按刀

重心下坐，曲右膝站稳，左脚收回，脚前掌落于右内踝旁成左丁步，垂臀裹裆，上体向东南；右腕外旋，虎口向北持刀下截，刀体高与左膝平，刀尖向北；左掌按刀背上。眼看左手（见图3-54）。

（2）弓步斜架（东南）

重心略上提，左脚向东南方向上步成左弓步。同时两手向左前方上举斜架刀于头的前上方，右手握刀把高于前额；左掌推刀背，掌背向面。眼看前方（见图3-55）。

（3）后坐云刀

重心后移坐右腿，左脚尖外撇，上体略向后仰。同时左掌心上仰托刀，右手心上仰外旋腕，使刀体逆时针方向在头面上方云转（见图3-56）。

图3-54   图3-55   图3-56

（4）弓步拨刀（东北）

向左转体，右脚朝东北上步弓膝成右弓步。左臂平伸，左掌手心向左反手拨动力背，刀刃向前向左削击，刀尖与弓步方向一致。右手手心向上持刀把转至左上臂外侧。眼看前方（见图3-57）。

（5）后坐裹脑

重心后移坐左腿，同时顺时针裹脑刀，左掌收于右肩前（见图3-58）。

（6）丁步按刀

续上势收右脚至左踝内侧成右丁步，右手持刀顺势经体前斜向右侧下截；左掌按刀背，刀体平膝，刀尖向北。眼看左掌（见图3-59）。

图3-57　　　　图3-58　　　　图3-59

（7）弓步斜架（东北）

重心略向上，右脚往东北方向上步成右弓步。同时右手反手握刀把，提刀向前上方斜架，刀刃朝前，高与头平，刀尖斜向下；左掌坐腕，掌心斜仰托刀背。眼看前方（见图3-60）。

图3-60

（8）后坐云刀

重心后移坐左腿，上体左转并内扣右脚，再重心回移于右，上体继续左转并略后仰，左脚尖外撇，左掌上仰托刀，右手心上仰外旋腕，使刀体逆时针方向在头面上方云转（见图3-61）。

（9）上步拨刀（西南）

重心移至左脚后右脚往西南方向上步成右弓步，左臂平伸，左掌手心向左反手拨动刀背，以刀刃向前向左削击，刀尖与右弓步方向一致；右手手心向上持刀把转至左上臂外侧。眼看前方（见图3-62）。

（10）后坐裹脑

重心后移坐左腿，右手裹脑刀，左掌收回立右肩前；上体面向正南（见图3-63）。

图3-61　　　　　　　图3-62　　　　　　　图3-63

（11）丁步按刀

续上势收回右脚，脚前掌在左内踝旁着地成右丁步；右手持刀顺势经体前向右侧下截，左掌按刀背，刀体平膝，刀尖向南。眼看左掌（见图3-64）。

（12）弓步斜架（西南）

右脚往西南方向上步成右弓步，同时右手反手握刀把提刀向前上方斜架，刀刃朝前，高与头平，刀尖斜向下。左掌坐腕，掌心斜仰托刀背。眼看前方（见图3-65）。

图3-64

（13）后坐云刀

重心后移坐左腿，上体向左后转，右脚内扣后重心回移于右腿，上身继续左转并略后仰，左脚尖外撇；左掌上仰托刀，右手心上仰外旋腕，使刀体逆时针方向在头面上方云转（见图3-66）。

（14）上步拨刀（西北）

重心移至左脚，右脚往西北方向上一步成右弓步；左臂平伸，左掌手心向左反手拨动刀背，以刀刃向前向左削击，刀尖与右弓步方向一致；右手手心向上持刀把转至左上臂外侧。眼看前方（见图3-67）。

图3-65   图3-66   图3-67

（15）后坐裹脑

重心后移坐左腿，右手裹脑刀，左掌收回立右肩前，上身面向正西（见图3-68）。

（16）丁步下按

紧接上动，右脚收回，前脚掌在左内踝旁着地成右丁步；右手持刀顺势经体前斜向右侧下截，左掌按刀背，刀体平膝，刀尖向西，眼看左掌（见图3-69）。

（17）弓步斜架（西北）

图3-68

重心略向上，右脚往西北方向上步成右弓步；同时右手反手握刀把，提刀向前上方斜架，刀刃朝前，高与头平，刀尖斜向下；左掌坐腕，掌心斜仰托刀背。眼看前方（见图3-70）。

图3-69   图3-70

（18）后坐云刀

重心后移坐左腿，上体向左后转，右脚内扣，重心回移于右，上体继续左转并略后仰，左脚尖外撇，左掌上仰托刀；右手心上仰外旋腕，使刀体逆时针方向在头面上方云转（见图3-71）。

（19）上步拨刀（东南）

重心移至左脚，右脚往东南方向上一步成右弓步，左臂平伸，左掌手心向左反手拨动刀背，以刀刃向前向左削击，刀尖与右弓步方向一致；右手手心向上持刀把转至左上臂外侧。眼看前方（见图3-72）。

图3-71   图3-72

17. 沉鱼落雁（东）

（1）左转裹脑

重心左移，上体左转，右手裹脑刀；左掌收至右肩前（见图3-73）。

（2）歇步斜臂

重心右移，左脚向右脚后插步成歇步。右手持刀顺势往右下斜劈，左手斜上伸，掌心向里，指尖斜向上。眼看刀（见图3-74）。

图3-73

图3-74

18. 左打虎势（西北）

（1）上步裹脑

重心上移，左脚向西北方向出步，右手持刀裹脑，左掌落经右肩前（见图3-75）。

（2）弓步左贯

重心左移，左膝弓屈，右腿自然伸直成左弓步，刀背架于左肩上；右手持刀把落于胸前。左掌下落经左胯前握拳往左上绕环贯击（拳面向右），拳背对左额上方。眼看右前方（东北，见图3-76）。

图3-75   图3-76

19. 单摆莲脚（东）

（1）后坐换把

重心后移坐右腿，左脚尖略向内扣；左拳下落胸前变掌，接把抱刀，刀背落左前臂上。面向东（见图3-77）。

（2）抱刀摆莲

左手抱刀式不变，重心左移上起，右脚向左前上踢往右横摆，右手前伸与右脚背相击拍响（见图3-78、图3-79）。

图3-77   图3-78   图3-79

（3）虚步展臂

右膝收曲，右脚向前落步，重心前移坐右腿，左脚向前出半步以脚前掌着地，足跟离地成左虚步；同时右掌向下搂向外再向右上方划弧亮掌；左手抱刀前伸向下小弧线落于左胯旁。

152

眼看前方（见图3-80、图3-81、图3-82）。

图3-80   图3-81   图3-82

20. 二起脚（二起击响，东）

右脚上步踏跳使上体腾空，左膝抽提；右脚向前踢起，脚背绷平。右手前拍，击响右足背，左手仍抱刀不变（见图3-83、图3-84、图3-85）。

图3-83   图3-84   图3-85

21. 右打虎势（西南）

（1）落步右转

右脚向右后落步，重心后移，左腿渐伸，上体右转（见图3-86）。

图3-86　　　　　　　　　　　图3-87

（2）弓步右贯

续上势，在西南方向上成右弓步。左手抱刀，刀把在胸前，右掌掌心向上，经右大腿上方往右侧划弧握拳绕环贯击，拳背向右额，拳面向左，左右手上下相对。头向左转，眼望东南方向（见图3-87）。

22. 卧鱼刀（东南）

（1）插步缠头

重心移至左腿，右脚向左脚后（往东）插步，同时右手握刀缠头，左掌立掌经右肩前向左平展（见图3-88）。

图3-88　　　　　　　　　　　图3-89

（2）歇步左砍

重心左下移成歇步，同时左手上举，左掌撑架于头的左上方，右手持刀向左斜砍，刀尖向东南，高与肋平。眼看刀（见图3-89）。

23. 秋风送爽（东）

（1）右转平扫

右脚前掌碾地，左脚内扣，上身右转，左掌下落按右腕。右腕内旋，手心向下持刀往右旋转平扫（见图3-90）。

（2）虚步反撩

上身转至面向东，重心移落于右腿上，左脚向前上半步，脚跟离地，脚尖向东北成左虚步。右腕内旋持刀提把向东反撩，左掌指仍按右腕（见图3-91）。

（3）独立架刀

右脚站牢，脚尖向东南，左膝上提，左小腿收屈，脚尖下垂成右独立步。右臂上举架刀，左掌指经下颌向前推出。眼看前方（见图3-92）。

图3-90　　　　　图3-91　　　　　图3-92

24. 风卷残荷（东，走一周）

（1）叉步撩刀

左脚向前盖步，上身略右转随即左转，重心下落坐左腿，右脚跟离地成交叉步。同时，右手向后下划弧反手持刀向前撩出，刀尖平胸；左掌收回按右前臂，眼看东（见图3-93）。

（2）虚步提刀

重心仍坐左腿，腰左转，右脚向东北出半步成右虚步。右手反手持刀向左划弧，刀刃向左向下向右上方提刀，手腕平头，手心斜向下；左掌向左外侧撑伸。眼看刀（见图3-94）。

图3-93　　　　　　　　图3-94

（3）摆扣行步（五步一周）

右脚外摆，左脚向东北迈出扣步；右脚向东摆步，左脚向南扣步；右脚向西南摆步，左脚向西扣步；两手姿势不变（见图3-95、图3-96、图3-97、图3-98、图3-99）。

（4）左坐侧云

重心左移，上体向左侧略倾；同时右手持刀顺时针方向在上体右

图3-95

图3-96　　　　　　　　图3-97

图3-98　　　　　　　　图3-99

侧云转一圈；左手手心向上托于左腰旁（见图3-100）。

（5）勾膝右截

重心右移，右脚独立，右膝略曲，左脚掌勾挂右膝弯后。

图3-100　　　　　　　　图3-101

刀继续斜向右下方弧形斜截。右手手心向下，左手向左上方伸展，掌心向外，高与头平。两臂成左上右下的斜线。眼看刀（见图3-101）。

25. 推窗望月（东）

（1）盖步左带

左脚掌向右脚外踝前斜摆盖步。同时腰左转，右腕外转，手心向上提刀至胸高往左侧带刀，刀把在左肩前，刀刃向左前。左手按右腕内侧。眼看刀（见图3-102）。

（2）弓步推刀

重心移至左脚上，右脚向东上步；上身右转，重心前移成右弓步；右手内翻手心向下持刀，左手掌心向前扶刀背，双手往前推出，刀体平横，高与头平，刀刃略斜向上。眼看前方（见图3-103）。

图3-102

图3-103

26. 鹰击长空（西南）

（1）回身背刀

重心坐右脚站稳，上身左后转至面向西北；左手变勾手平肩高伸臂向左后搂开。同时右腕外旋，小臂收屈，虎口向右肩，背刀于右肩胛；左脚跟离地，脚尖向西北成右虚步。眼看西南方向（见图3-104）。

（2）独立斜劈

重心不变，左膝上提成右独立步；腰略左转向西，右臂前伸，向左前上方斜劈刀，高与头平。同时左手成掌斜向上架于头的左外侧。眼看刀（见图3-105）。

图3-104　　　　　　　　　　　图3-105

（3）落步按腕

左脚向前落步，脚尖朝西。右手持刀顺势下落腹前，刀刃向下，刀尖向西南，左掌按右腕，眼看右腕（见图3-106）。

（4）仰身后扎

重心前移左脚站稳，塌腰挺腹，上体后仰，右脚斜踢，脚

图3-106　　　　　　　　　　　图3-107

尖向西南。同时两手仰掌外翻，左前右后伸臂；右手仰手心向上持刀，以刀尖向东北方向扎出；左掌上仰向西南方向平伸。眼看扎刀（见图3-107）。

27. 神雕震羽（西）

（1）剪腕撤步

右脚向后落步，右手持刀在体旁剪腕花二周，左手按右前臂内侧（见图3-108）。

（2）后坐拖刀

重心后移坐右腿，刀随腰向右转往回拖，右手至右胯前，左手扶右腕。眼看刀（见图3-109）。

图3-108　　　　　　　　图3-109

（3）架刀左蹬

右腿独立，左膝上提然后左脚向前蹬出（脚尖上跷）。同时右手持刀举臂上架，左掌提经右肩前从面前往西推出，指尖平眼。左掌、刀尖、左脚掌方向一致，眼看左掌（见图3-110）。

（4）叉步左劈

左小腿收屈，脚掌斜摆向前下方盖落，重心前移；上体左转成交叉步。右臂

图3-110

左旋，刀向左前方（西南）劈落，刀把平头，刀体斜向上。同时左手向左划弧架掌于头的左外侧上方。眼看左前方（见图3-111）。

（5）回身后截

重心移至左腿后右脚向前垫步，腰右后转，左脚跟离地成交叉步。右腕内旋，右手持刀向下向右后侧下方（东北）截击，刀刃斜向上，刀尖斜向下。左掌经面前划弧下落，立掌置于右肩前。头随刀动，眼看截刀方向（见图3-112）。

图3-111

图3-112

（6）举刀垫步

左脚经右踝内侧向前垫步，腰左转；同时左手自右肩前向下划弧至左胯前，掌心上仰；右手腕外翻，手心上仰举刀与头平，刀尖向后。眼看前下方（见图3-113）。

（7）虚步下劈

重心前移，腰左转，右脚向前（西）上一步，前掌着地，

图3-113

足跟离地成右虚步。右手持刀随腰左转向前下方劈落，刀尖高与膝平，下对右脚尖。同时，左手手腕内旋并向左外侧划弧，

撑架于头的左侧上方。眼看刀（见图
3–114）。

（8）并步点刀

右腕外旋使刀刃朝前，然后绕一腕
花，刀体从下向后往上往前在身体右侧
旋一立圆，右臂前伸，刀尖向前下方点
啄。同时左脚向前与右脚掌并拢，两膝
微曲；左手掌指按右腕。眼看前下方
（见图3–115、图3–116）。

图3–114

图3–115

图3–116

28. 虬龙戏水（西—西南）

（1）盖步左砍

左脚向前盖落，重心略下坐，腰略左转；右手腕外旋，刀
向左前下方斜砍，刀尖高与膝平。同时左手在右手后握持刀把
（见图3–117）。

（2）弓步右砍

右脚向前垫步，重心前移成右弓步；右手内翻手心向下，
刀往右下侧斜砍，刀尖高与膝平。左手在右手后握把。眼看斜
砍方向（见图3–118）。

图3-117

图3-118

（3）跳步左劈

右脚蹬地起跳，左脚向西落地；随之右脚插在左脚之后，上体下坐成歇步，上体向北；同时右手外翻，刀往右上提后向左侧下劈，左手按右腕上。眼看刀背（见图3-119）。

（4）回身平斩

重心略上起，左脚内扣，上体右后转，右脚随即向西上步成右弓步，右手手心向下持刀向西平斩，高与肩平，刀刃向北；左掌向外，左臂横撑，腕高平肩。眼看西。

图3-119

（5）左转抽刀

重心左移，左膝弓曲，右脚尖内扣，腰左转；右手手心向内持刀，向东南抽回刀把；左手掌指扶贴右腕内侧。眼看东南（见图3-120）。

（6）斩刀平衡

重心回移于右，腰略向右转，右腿独立，左膝收屈，左大腿贴靠右腿内侧，膝盖下垂，左脚掌面展平，足底向上。同时右腕内转，手心向下旋，刀往右后平斩，高与肩平，刀尖向西南。左掌向上撑架，头右转，眼回望斩刀方向（见图3-121）。

图3-120　　　　　　　　　　图3-121

29. 苏秦背剑（东）

（1）弓步戳把

左脚向东落步，重心左移成左弓步，右手翻手心向里持把直往前戳，刀背靠近右上臂外侧，左掌指扶靠右腕上。眼看刀刃（见图3-122）。

（2）虚步背刀

重心后移坐右腿，左脚回收半步，前掌着地，脚尖向东成左虚步。同时右手上提，刀把高于头，刀背贴背脊，刀尖向下垂。左手成勾手向左侧伸展。眼看前方（见图3-123）。

图3-122　　　　　　　　　　图3-123

30. 拨草寻蛇（东）

（1）上步左扫

左脚上半步，腰略左转，重心略下移坐腿，右手向左下斜落，刀自右向左前下方横扫，左手在右手后同时握把。刀尖距地面约20厘米。眼看刀尖（见图3-124）。

（2）上步右扫

图3-124

右脚上步，重心稍前移，左脚跟离地，两手握刀把向左侧翻腕往右前下方横扫，刀尖距地面约20厘米。眼看刀尖（见图3-125）。

图3-125　　　　　　　　图3-126

图3-127　　　　　　　　图3-128

（3）进步扫刀

左、右、左两脚交替前进三步，步频稍急，身形同前。同时两腕随步左右翻转往同侧扫刀（见图3-126、图3-127、图3-128）。

31. 大魁星式（独立架刀，东）

重心向前落在左脚上独立，上提右膝，右脚尖撩起。同时右手腕内旋，反手握立刀上架于头的前上方，刀刃向上，刀尖向东。左手反掌背屈向裆前下方伸托，掌心朝前，指尖斜向下。眼看正前方（见图3-129）。

图3-129

32. 流星赶月（西北）

（1）落步下插

右脚内扣向前落步，同时刀尖下垂；右手推把往下直插，左掌指扶右前臂内侧（见图3-130）。

（2）马步平劈

左脚以足跟为轴，上身左转，刀向体前左挂；然后右脚向西北上步，重心移至两脚连线偏左1/3成左偏马步。同时右腕外旋，左手随之握把向右侧平劈。两手平小腹，刀体与步同一方

图3-130

图3-131

图3-132

向。眼看右前方（见图3-131、图3-132）。

33. 回马鞭（独立斜斩，东）

右脚跟为轴，脚尖外撇，重心
移至右腿屈膝成右独立步。同时腰
微右转，上体向北；右腕略坐，
手心向下往右下斩刀，刀体平膝
高。同时左脚背勾挂在右膝弯后，
左手外旋腕仰掌向上向头的左侧
上穿，掌心对左额，眼看刀（见图
3-133）。

图3-133

34. 燕子抄水（西）

（1）落步按腕

左脚向西落步，左腿自然伸直，右膝前弓，左掌仰掌在腹
前（见图3-134）。

（2）仆步扫刀

重心下落左移成左仆步。同时右腕外转，手心向上，刀刃
向左随重心左移横向左扫，刀体擦经地面提至平胸；左掌上
仰，置左腹前（见图3-135）。

图3-134   图3-135

167

35. 霸王举鼎（西）

（1）丁步左带

左脚稍向外撇，重心左移稍上起，右脚收至左踝内侧脚尖点地成右丁步；右手持刀向上往左侧斜带，刀尖向上体中线，高与眼平。左手向左再向上绕一小圆后按右腕上。眼看刀尖（见图3-136）。

（2）弓步架刀

右脚向前上一步成右弓步，同时右腕内旋，转手心向外横刀向前向上推，左掌亦扶刀背，同向前上推，刀体平横于体前，刀刃向前，高与头平（见图3-137、图3-138）。

图3-136 　　　　　图3-137 　　　　　图3-138

36. 铁臂横闩（弓步左截，东）

左脚略向外摆，脚尖向东偏南，上体左转，左膝弓屈成左弓步。同时右手收回右肋前立刀；左手扶右腕，两手随左转腰向左侧横推，刀尖向上，刀刃向东截。眼平看东（见图3-139）。

图3-139

37. 白鹤晾翅（南）

（1）右坐接刀

重心回坐右腿，右手收回右肋前，同时右腕内旋，刀体斜横，左掌上仰接刀把，刀背贴左前臂（见图3-140）。

（2）虚步亮掌

左脚收经右踝内侧向前出半步，前掌着地成左虚步，同时腰略左转，上身向南；左腕内旋，掌心斜向上仰抱刀，刀把搂左膝后划于左胯外侧。右手向外划弧转向头的右前上方亮掌，掌心向外，两臂掤圆，眼看前方（见图3-141）。

图3-140　　　　　图3-141

38. 童子拜佛（弓步七星，南）

左脚向前上半步，重心前移成左弓步；同时右掌下落，与左手一起分经胯旁向前上方伸出，指尖斜穿向上相接，掌心相对，高与喉平。刀背仍贴左前臂。眼看前方（见图3-142）。

图3-142

39. 抱原归一（收势，南）

（1）退步分展

左脚后退一步，与右脚横向平行成开立步，相距如肩宽。同时两手向左右两侧斜下弧形分展，掌心向前，高与胯平。眼看前（见图3-143）。

（2）抱刀立掌

接上势，两手同时向前向上划弧在胸前合拢，左前臂横掤抱刀，掌心向里，右手成立掌，掌根坐落护把之上。眼仍看前（见图3-144）。

（3）按掌还原

两臂向外侧弧线斜落，右掌下按，垂掌，指尖贴右大腿外侧，左手仍抱刀，刀把末端贴左大腿外侧；然后左脚向右脚靠拢收回，成立正姿势（见图3-145）。

图3-143   图3-144   图3-145

四、四维扇运动套路

（一）四维扇架式名称及分解动作口令

1. **预备式（南）**

（1）持扇立正

（2）向左开步

2. **起势（南）**

（1）展臂仰举

（2）胸前收合

（3）歇步抱扇

3. **孔雀开屏（虚步展扇，西）**

4. **花魁携篮（独立抱扇，南）**

5. **飞凤回首（东南）**

（1）行步推扇

（2）插步背扇

（3）回身推掌

6. **蜻蜓点水（西南）**

（1）摆步右挂

（2）进步右踢

（3）插步斜点

7. **鹞子翻身（西北）**

（1）翻身抄挂

（2）丁步展扇

8. **左右插花（向东退）**

（1）撤步左挂

（2）退步右挂

（3）右转合扇

9. **腾蛟起凤（东）**

（1）跪步插扇

（2）弓步展扇

10. **落叶翻花（东）**

（1）弓步平斩

（2）提膝下截

11. **旭日东升（东）**

（1）盖步合扇

（2）扣步转体

（3）弓步平展

12. **铁牛耕地（车马下插，东）**

13. **丹凤朝阳（西）**

（1）虚步斜击

（2）弓步拍击

（3）独立平摆

14. **白猿献果（西）**

（1）弓步下割

（2）跳步收合

（3）虚步前推

15. **夜叉探海（东北）**

（1）叉步横削

（2）转体云扇

（3）独立下劈

16. **金龙吐珠（东）**

（1）叉步展扇

（2）搂膝推扇

17. **双龙出海（东）**

（1）左右踢脚

（2）马步右刺

18. 李广射石（西）

（1）扭马下截

（2）弓步挡面

（3）独立前铲

19. 老树盘根（西南）

（1）插步背掌

（2）平臂展扇

（3）歇步架掌

20. 太公钓鱼（虚步点扇，西）

21. 白熊撼树（叉步靠肘，西）

22. 白蟒翻身（西）

（1）弓步截扇

（2）仆步反截

23. 打虎势（西）

（1）撤步压掌

（2）裆步拍扇

24. 风飘落叶（西）

（1）收步绞扇

（2）跳步带扇

25. 蟠龙起舞（东）

（1）插步挂扇

（2）架扇蹬脚

26. 游龙戏水（东南）

（1）歇步斜劈

（2）插步下截

（3）独立斜斩

27. 婵娟射雁（东南）

（1）收扇落步

（2）独立回望

28. 顽童扑蝶（西南）

（1）歇步拍扇

（2）上步拍扇

（3）摆步右截

（4）转身拍脚

（5）撤步挑扇

（6）立步反截

（7）回身挡扇

29. 麻姑献寿（西南）

（1）旋转扫扇

（2）盘膝斜削

30. 鬼王掊扇（东）

（1）撤步左掊

（2）退步右掊

（3）退步左掊

（4）碎步摆掊

（5）摆步挂扇

（6）顶花转体

（7）挑扇勾踢

31. 探海神针（转体平衡，西）

32. 风卷残荷（南）

（1）弓步铲扇

（2）行步摆扇

（3）云扇摆莲

33. 大鹏展翅（南）

（1）独立控腿

（2）弓步展臂

34. 玉女穿梭（东）

（1）并步平刺

（2）弹踢左推

（3）弓步斜插

35. 天女散花（东北–东南–西南–西北）

（1）虚步展扇

（2）跳步展扇

（3）歇步展扇

（4）独立展扇

36. 彤云出岫（南）

（1）落步前挡

（2）摆步平带

（3）旋转平扫

（4）歇步展扇

37. 落花待扫（东）

（1）压扇右转

（2）插步合扇

（3）虚步推掌

38. 凤凰蹬窝（东）

（1）腾空展扇

（2）马步藏扇

（3）虚步推掌

（4）腾空展扇

（5）马步藏扇

39. 燕子入巢（东南）

（1）跳步下插

（2）挂扇转体

（3）独立展扇

40. 童子拜佛（南）

（1）跳步下截

（2）虚步展扇

（3）上步合扇

41. 收势（南）

（1）退步分摆

（2）下按还原

（二）四维扇套路详细图解

1. 预备式（南）

（1）持扇立正

右手持扇，扇端下垂，成立正姿势（见图4-1）。

（2）向左开步

左脚轻提向左侧横开一步，步幅与肩同宽（见图4-2）。

图4-1   图4-2

2. 起势（南）

（1）展臂仰举

两臂分向左右展开，手心向上，手腕提至平肩，眼看右前方（见图4-3）。

（2）胸前收合

两手在体前向上划弧，向胸前合拢；两手手心向里；左手在外抱住右手背。两臂掤圆，扇端高与眼平（见图4-4）。

图4-3

图4-4　　　　　　　　　　　　图4-5

（3）歇步抱扇

左脚稍扣，重心渐移向左腿，屈膝下坐。同时两手左右分展，手心向下。右脚向左脚外侧插步成交叉步，脚跟离地。同时上体半面转向西南，两手在左肋前合抱，扇端向上（见图4-5、图4-6、图4-7）。

图4-6　　　　　　　　　　　　图4-7

3. 孔雀开屏（虚步展扇，西）

左脚不动，右脚向前出一步以脚跟着地成虚步。右臂同时前伸展扇，高与肩平，扇沿向上，内侧的边骨一定要与前臂贴紧。左掌上架，臂成弧形。扇与右脚上下相对，眼向前看（见

图4-8、图4-9）。

图4-8

图4-9

4. 花魁携篮（独立抱扇，南）

左腿直立，右腿屈膝上提，脚尖在左膝前下垂成独立步。同时腰左转，右腕向外拧，右手心转向上，屈肘将扇平收至胸前。左掌轻轻按于右手及扇督之上。眼看右前方（见图4-10）。

图4-10

5. 飞凤回首（东南）

（1）行步推扇

1）右脚向右前方落步，重心前移，两手稍向外推（见图4-11）。

2）左脚向左迈出扣步，再向前推（见图4-12）。

3）右脚向右前方摆出，左手离开右腕。两手平肩，上体面向西北。眼看扇面（见图4-13）。

图4-11

图4-12　　　　　　　　　　图4-13

4）左脚向左横侧扣步，两脚开立，上体向北；右手平扇推至右侧，高与头平；左掌向外撑，平胸高（见图4-14、图4-15）。

图4-14　　　　　　　　　　图4-15

（2）插步背扇

左膝微屈，右脚向左侧插步，上体右后转，至面向正西，重心在右脚，左脚提起向右脚前盖步；右腕顺时针旋转扇向右向下划弧收于背后，右手手背及扇面紧贴右腰；左手向下摆划弧经左胯提至胸前（见图4-16、图4-17）。

（3）回身推掌

重心前移，左膝前弓，右腿自然蹬直，脚

图4-16

跟离地，上体向左后回转，左掌经面前翻腕平肩向左后推出，腕与肩平。眼看推掌方向（东南，见图4-18）。

图4-17 　　　　　　　　　　　　图4-18

6. 蜻蜓点水（西南）

（1）摆步右挂

右手腕往外翻转使虎口由向里转向外，伸臂向前向下挂扇，扇沿向前。右脚向前摆步，脚跟先着地。左手由上向前向下拍按（见图4-19）。

（2）进步右踢

重心前移，左脚向前上一步，右脚正踢。右手持扇下落经右腿外侧以扇沿向前下摆割；左掌上架于额前上方。眼平视前

图4-19 　　　　　　　　　　　　图4-20

方（见图4-20、图4-21）。

（3）插步斜点

右脚向横扣脚落步，上体左转面向西南，右手持扇，扇面平截于裆前；左脚插步，然后合扇向左向上往右斜（西南）下方点击，左掌上架。眼看扇端（见图4-22、图4-23、图4-24）。

图4-21　　　　　　　　　　　　图4-22

图4-23　　　　　　　　　　　　图4-24

7. 鹞子翻身（西北）

（1）翻身抄挂

右手旋腕内扣使扇端向下、向内勾；左脚掌碾地，右脚内扣转体180°，面朝北，两脚开立；扇亦从下、向上逆时针方向划弧上抄，两臂斜上举（见图4-25、图4-26）。然后撤左脚，扣右脚,上体再左转成交叉步,面朝西南方向;扇端自上向左下勾挂,落于小腹前,右手坐腕,手心向下,左手按于右腕背上。眼看扇端(见图4-27)。

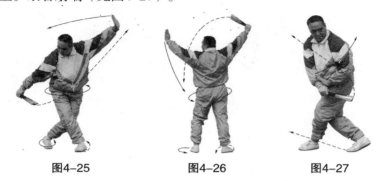

图4-25   图4-26   图4-27

（2）丁步展扇

右脚向西北角上一步,左脚跟进成丁步;左手上架,右手向前伸臂展扇,扇沿斜向下,高与头平。眼向前望(见图4-28,图4-29)。

图4-28   图4-29

8. 左右插花（向东退）

（1）撤步左挂

左脚向斜后方撤步,腰左转,右腕内旋,扇沿向下向左挂扇;左掌下按于小腹前(见图4-30)。

图4-30   图4-31

（2）退步右挂

重心后移，右脚再向东南后插撤一步成左弓步。右手翻腕，扇向前向右下方挂落，扇沿向前，高与腹平；左掌下按于右腕，眼看前下方。（见图4-31、图4-32）。

（3）右转合扇

重心后移，右脚外撤，左脚内扣，转体180°成右弓步；右手持扇随转身向后上举合扇，左手提至右肩前。眼向前望（东，见图4-33）。

图4-32   图4-33

9. 腾蛟起凤（东）

（1）跪步插扇

左脚向前偏左（向东偏北）上步，右脚跟步，上体下蹲成左跪步。同时左手经腹前向左上划弧架掌；右手持扇收经右腰旁向前伸臂直线插出，扇体平直，高与肩平。眼向前看（见图4-34、图4-35）。

（2）弓步展扇

右脚横开一步，左脚跟进成右横弓步。腰右转，右臂向上伸举，展扇，扇沿向前，左手下落自胸前推出；手指尖与鼻尖相对。眼向前看（见图4-36）。

图4-34

图4-35

图4-36

10. 落叶翻花（东）

（1）弓步平斩

左脚收至右脚跟旁（不落地），向前上步，同时腰稍右转再向左转，右手心转向上，将扇平摆，左手收屈于右胸前；然后重心前移成左弓步，左掌向左划弧上架，右手手心向上，平扇以扇沿向前平斩，高与胸平（见图4-37、图4-38）。

图4-37

（2）提膝下截

右手内旋90°，使扇从水平变成垂直。然后提右膝成左独立步，同时腰向右转，上身略向前倾，扇向右下方挡截于右膝前下方；左手经面前立掌于右肩前。眼望扇面（见图4-39）。

图4-38　　　　　　　　　　　　图4-39

11. 旭日东升（东）

（1）盖步合扇

右脚向前（东）盖落，脚尖斜摆，右臂向左摆。然后重心前移，左脚跟离地，右前臂向上收屈，合扇上挑，扇端朝后横于右肩前，左掌指按于右腕（见图4-40）。

（2）扣步转体

左脚继续向东上一小步，脚尖内扣，与右脚在横轴线上成内八字形，脚尖相距约20厘米（见图4-41）。

（3）弓步平展

左脚以脚掌为轴，向右后转体至面向正东时，右脚横向落步，重心右移成右横弓步。同时两臂左右分展，展扇平头，以扇沿向右上方平斩；左手向左斜下方撑按。眼看正前（见图4-42）。

184

图4-40　　　　　　图4-41　　　　　　图4-42

12. 铁牛耕地（车马下插，东）

撇左脚，扣右脚，腰向左旋成左横弓步。左手经面右拍，立掌于右肩前；右手向内转腕，手心斜向里，曲臂持平扇以扇沿向身前下方斜插，高与裆平。眼看前下方（见图4-43、图4-44）。

图4-43　　　　　　　　图4-44

13. 丹凤朝阳（西）

（1）虚步斜击

左脚外撇，右臂向左摆，扇面横挡于左膝前（见图

4-45）；然后重心移于左腿，右脚向北偏西（即左前方）上步，脚掌着地成虚步；同时上身后仰，扇向右斜上方削击。左手仍立掌于右肩前，头后仰回望扇沿（见图4-46、图4-47）。

| 图4-45 | 图4-46 | 图4-47 |

（2）弓步拍击

两脚掌为轴，上身左转向西成左横弓步，右臂顺势自上而下向左侧挥摆，扇面斜向下拍，扇沿斜下朝东，扇面斜向里；左手合抱右上臂。眼看扇沿方向（见图4-48）。

（3）独立平摆

重心全移至左腿，右膝收屈上提成独立步。右腕向外翻转，手心向上托平扇，随腰右转往右前方摆割，高与肩平；左掌上架，眼平视前方。此时上身向西，扇摆向北（见图4-49、图4-50）。

| 图4-48 | 图4-49 | 图4-50 |

14. 白猿献果（西）

（1）弓步下割

右手向内旋腕90°扇面向南，右脚向前落步成右弓步；左手向前下落，与右腕在体前交叉后分向两侧斜下展开置胯旁；右手心向内，扇沿向下方摆割，左掌心向下撑按（见图4-50）。

（2）跳步收合

右脚蹬地，左脚向前跨跳一步；右脚在左脚之前落步，上体下蹲，左脚跟离地成跪步，两手收提至肋，手心都向内（见图4-51、图4-52）。

图4-51　　　　　图4-52　　　　　图4-53

（3）虚步前推

体位上移，右腿稍屈，左脚向前出半步，脚前掌着地，脚跟离地成左虚步；两手同时向胸前伸臂前送合拢，右手心向上持平扇以扇沿向前推击，左掌捧托右手背。眼看前方（见图4-53）。

15. 夜叉探海（东北）

（1）叉步横削

左足跟着地，重心前移，右脚向前上步，脚尖外撇，右膝弓屈，左脚跟离地，上体右转成交叉步；同时右腕内转使手心向下持平扇往右后横削；左掌上架。转头回望（见图4-54）。

图4-54   图4-55

（2）转体云扇

右腕外转，反手使手心向上持平扇，两手交合于身前。然后扣右脚，撇左脚向左旋腰，同时右手向外向前逆时针划弧，经面前云扇，上身略后仰，左手在面前与右小臂相合再向两旁分展，两手掌均向上（见图4-55、图4-56、图4-57）。

图4-56   图4-57

（3）独立下劈

重心前移，两手下落，右手合扇，扇骨在左掌内击响（见图4-58）。然后两手相继顺时针划立圆，右手持扇上举再向下劈击，左手向左上方划弧亮掌，同时右脚向前（东）上一步，站稳，左膝收屈上提成右独立步，上体朝北。扇的劈击方向为东北（见图4-59、图4-60）。提左膝与下劈扇同时完成。

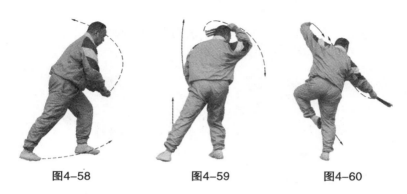

图4-58　　　　　　图4-59　　　　　　图4-60

16. 金龙吐珠（东）

（1）叉步展扇

左脚向右脚右前方盖步下落，上体稍下坐，曲膝成交叉步，上体朝向东北；同时两手向胸前收回，左手贴按右腕内侧随即分展，右手抖腕展扇，扇沿向上，内侧边骨贴前臂；左手向左后伸臂撑掌。眼看前方（见图4-61、图4-62）。

图4-61　　　　　　　　图4-62

（2）搂膝推扇

腰右转并以左脚掌碾地，左掌立掌前推，然后向左下搂膝，右脚向前上一步成弓步；右手持立扇垂臂经右胯旁至胸前再翻腕立掌，以扇面向前推出，扇沿平眼，成顺弓步姿势。眼看前方（见图4-63、图4-64）。

图4-63

图4-63

17. 双龙出海（东）

（1）左右踢脚

重心移至右脚站稳，手势不变，左膝上提以脚尖向前踢出（见图4-65）。然后左脚落步，重心前移站稳，右膝上提以脚尖向前踢出；同时右手内旋90°，屈肘将扇侧立收回至右腰

图4-65   图4-66   图4-67

旁，扇沿向前；左掌提经左腰侧向前平胸推出。眼看前（见图4-66、图4-67）。注意踢脚与收扇、推掌相一致。

（2）马步右刺

右手将扇收合，右脚向前落步，左转车马，上体朝北成马步姿势；同时右手向前冲，以扇端右刺；左掌经体前向左划弧上架。眼看右侧（图4-68、图4-69）。注意塌腰、收臀、尾闾中正、悬顶正容，马步要圆裆，膝与脚尖在同一垂直线上。

图4-68　　　　　　　　图4-69

18. 李广射石（西）

（1）扭马下截

以右脚前掌与左脚跟为轴，上体左转，面向西偏南，两腿成交叉步。同时右手上提经面向左侧展扇，以扇面向裆前横截，手心向里，扇沿向下；左掌在内，经面前下落于右肩前。眼看前下方（见图4-70）。

（2）弓步挡面

两脚掌碾地，腰右转成左弓步，面向正面。右手向右挑腕持扇顺时针转，使扇沿向上，扇面挡于面前；左手横掌向下按于小腹之前（见图4-71）。

（3）独立前铲

重心在左腿，右小腿向后收屈上摆，足底朝上，脚面绷平，大腿水平，上体前俯成水平，燕式平衡。左手向外转腕横

图4-70

图4-71

掌上托于腹前，右手持扇收回右胯前，转手心向下平扇伸臂前铲。右臂、背部、右大腿拉成一水平直线，头向上仰，眼向前望（见图4-72、图4-73）。

图4-72　　　　　　　　　图4-73

19. 老树盘根（西南）

（1）插步背掌

右脚向右前斜方扣脚落步，左脚随即向西插步，脚跟离地；腰左转，右脚变实成交叉步，上体偏向东南。同时右臂向插步方向伸展、合扇；左掌向左下划弧背掌。回头望扇端方向（见图4-74）。

（2）平臂展扇

续上势，将扇打开，边骨与前臂平贴，扇沿向上（见图4-75）。

图4-74

图4-75

（3）歇步架掌

右腕内旋，倒扇沿向下，然后以左脚前掌和右脚脚跟为轴，上身体转360°；同时右手将扇收于背后，上体下蹲，面向西南，右脚跟离地抵臀部成歇步坐盘姿势，左手向左向上划弧上托。眼向左平视（见图4-76、图4-77、图4-78）。

图4-76

图4-77

图4-78

20. 太公钓鱼（虚步点扇，西）

重心向上移，左脚站稳，右脚向前出半步以脚前掌着地成右虚步；右臂向体前拧转外翻反手合扇，以扇端向前点击。左手下落，掌指按右腕上。眼看扇端（见图4-79、图4-80）。

图4-79   图4-80

21. 白熊撼树（叉步靠肘，西）

右脚跟落地，随即向上蹬伸，左脚随之盖步向右前方下落，并屈膝坐腿成交叉步；同时右前臂向内划弧，转腕反手展扇，扇沿向前，右肘向前顶靠，左掌轻按右腕背上，眼向前平视（见图4-81、图4-82、图4-83）。

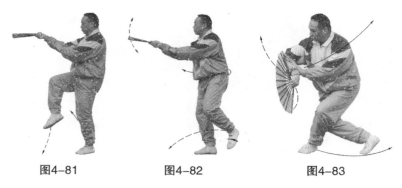

图4-81   图4-82   图4-83

22. 白蟒翻身（西）

（1）弓步截扇

重心移至右脚，左脚向后退一大步伸直，右膝曲屈，上身下压成跨度较大的弓步。同时左手向下经胯旁向后划弧伸展，掌心斜向上托或外撑，高于头顶；右手向内翻腕，扇沿经胸前向上划弧翻滚，右前臂伸展，手心及扇沿斜向上，平膝高。两臂前后展成斜向地面的直线（见图4-84）。

图4-84

（2）仆步反截

重心稍向后移，左腿屈膝，右腿伸直，左脚掌外撇，右脚掌内扣成左仆步；同时右小臂收回向内转以扇沿向前反穿，左掌经右肘臂弯内向斜上伸展，掌心斜向上，左右两臂拉成一直线。眼看右脚尖（见图4-85、图4-86）。

图4-85　　　　　　　　图4-86

23. 打虎势（西）

（1）撤步压掌

重心上起，右脚后插，右手手心向下，扇面摆至腹前（见图4-87、图4-88）。重心后移，左脚后退一步成右弓步；扇向右后摆。左掌经左胯旁上提再向前下方沿体前中线横掌下压于腹前。眼看左掌（见图4-89、图4-90）。

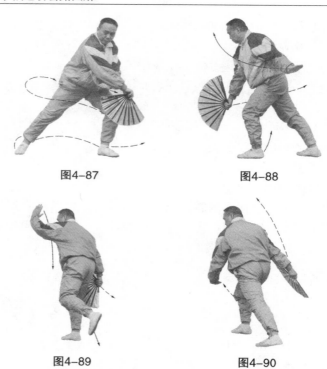

图4-87　　　　　　　　　　图4-88

图4-89　　　　　　　　　　图4-90

（2）挡步拍扇

重心移至左腿，右脚提起离地横向右开步成左横裆步；同时右手拉后，翻腕上带，扇面从上向前下方拍落，扇沿斜向前

图4-91　　　　　　　　　　图4-92

下方，高与裆平。左手向后弧形摆举于头左外侧，掌心斜向上架托（见图4-91、图4-92）。

24. 风飘落叶（西）

（1）收步绞扇

收右脚向左脚靠拢（不落地），右手手心向下持平扇摆至身体左侧，左手同时下落按右腕（见图4-93）。然后右腕外旋绞扇仰手心向上，右脚向右落，重心右移弓曲右膝，腰右转带动右手平扇向右水平划弧，左手仍按右腕不变（见图4-94）。

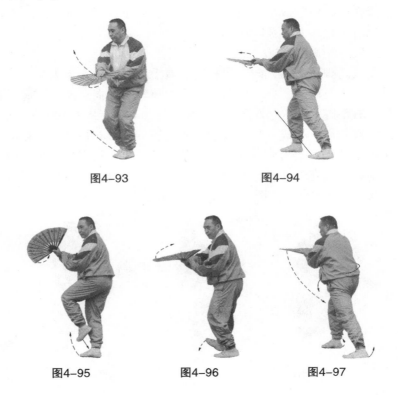

图4-93　　　　　　　　　　　图4-94

图4-95　　　　　图4-96　　　　　图4-97

（2）跳步带扇

续上势，当右脚落地后随即蹬起，左脚缓慢提经右脚前往右横向快速落步。左脚落地之时，右脚迅速提离地面往右侧横出一步成右横弓步。同时右腕内旋，翻一个小腕花使手心向下持平扇在体前向右平带；左手仍按右腕。眼随扇动（见图4-95、图4-96、图4-97）。

25. 蟠龙起舞（东）

（1）插步挂扇

撇左脚扣右脚，重心左移，上身左体，右脚横向左脚外侧插步，两腿屈膝成半坐盘姿势；右手心向里，垂扇向左挂，左手仍附于右腕（见图4-98）。

（2）架扇蹬脚

以两脚掌为轴，向左后转体，右手顺时针向左下划弧摆于膝前，手心朝前，扇沿斜向下。当上体转至面向东南，右膝弓屈，右手持扇向右上方摆起，挡面（见图4-99，图4-100）。然后左膝收屈上提成右独立步，右手内转旋一腕花持侧立扇拉向头的右外侧，扇沿向前，左手仍按右腕。重心稍定后左脚随即向前蹬出，左掌前推与左脚上下相对；右手再稍向后拉开，臂成弧形。眼向前望（图4-101、图4-102）。

图4-98   图4-99   图4-100

图4-101　　　　　　　　　图4-102

26. 游龙戏水（东南）

（1）歇步斜劈

左腿收屈向体前落步，上体左转下蹲，两腿交叉成坐盘势。同时右手外旋，以扇沿向下向左划弧斜劈，扇面水平向西北，高与肋平，左手下落向左弧形摆举架掌（见图4-103、图4-104）。

图4-103　　　　　　　　　图4-104

（2）插步下截

重心向上，落实左脚，右脚跟离地，左手下落在胸前与右手合扇拍响（见图4-105）。然后右脚向东横开一步，左脚插步，脚跟离地，脚尖朝西与右脚跟在同一条横轴线上；同时腰左转，右手合扇上挑之后随即向下反手展扇下截。左掌向左上方划弧撑架于头上。眼看左斜下方（见图4-106）。

图4-105   图4-106

（3）独立斜斩

扣右脚，左转体，面向东南，右手向下向左顺时针方向划弧挑扇，在右肩前收合，左手下落按右腕。然后右脚站稳，左膝上提高于腰成右独立步，上体略向右后仰，同时右手发劲展扇，以扇沿向左前方斩击，手心斜向上，高与头平，左手上架（见图4-107、图4-108）。

图4-107   图4-108

27. 婵娟射雁（东南）

（1）收扇落步

右手向右侧抖腕合扇，左脚向前落步，脚掌内扣，重心

左移，两手下落合抱于左胸前。左掌在里，
按右腕（见图4-109）。

（2）独立回望

腰向右转，两臂分张平展；然后右膝收
屈，两大腿内侧相贴，右小腿水平向后，右
脚掌朝上成左独立步，右手抖腕展扇上举，
左手挑掌横撑，腕与肩平，掌心与扇沿方向
一致；同时转头回望左掌方向（见图4-110、
图4-111）。

图4-109

图4-110

图4-111

28. 顽童扑蝶（西南）

（1）虚步拍扇

重心下落坐左腿，右脚落地成虚
步姿势。同时右手小腕花拧扇面向下
拍落，扇面与地面约成45°，高与膝平
左手仍撑举，两臂左上右下成一条拉
直的斜线状（见图4-112）。

（2）上步拍扇

重心前移，右腿蹬起，左脚脚
跟离地；同时右手松腕提扇（见图

图4-112

4-113）。左脚向前上步，并曲左膝，重心稍下落，右脚跟离地，右手活腕平扇下拍至裆前（见图4-114）。

图4-113　　　　　　　　　　图4-114

续上势，重心上起，右脚上步，右手松腕提扇，然后重心稍快速下移坐右腿，左脚跟离地，右手压腕平扇下拍至裆前。眼看下拍方向（见图4-115、图4-116）。

图4-115　　　　　　　　　　图4-116

（3）摆步右截

续上式，小跳步拍扇后左脚向前摆垫，腰左转，两腿左右交叉。同时右手向左腰前收回再用力向右斜下方拍截；左手置右肋前，掌心向里，眼看扇面（见图4-117、图4-118）。

图4-117　　　　　　　　　　图4-118

（4）转身拍脚

右脚跟落地内扣，以左脚前掌为轴，上体向左后拧转至面向正西，左脚踏实右脚虚，两手随转体上摆，左手横撑，右手向上托扇（见图4-119）。然后右脚向前上方踢起平肩，左掌向前落拍击右脚面，右手手心向前持扇往后划弧推拨（见图4-120）。

（5）撤步挑扇

右脚向后摆落，脚掌着地。左手收向背后，右臂前摆，手心向下，扇面向上挑击，高与肩平。眼向前看（见图4-121）。

图4-119　　　　　　　图4-120　　　　　　　　图4-121

（6）立步反截

整体姿势不变，右肘稍收屈再伸臂，手腕内屈外旋，使平扇转成立扇平肩，以扇沿翻滚向前截割（见图4-122）。

（7）回身挡扇

右腿向后收屈，脚掌面展平，足底朝天成左独立步。同时腰向左回转，右手持立扇向左肩前横扫挡格，头回望东南方向（见图4-123）。

图4-122　　　　　　　　　图4-123

29. 麻姑献寿（西南）

（1）旋转扫扇

右脚向后插落，以脚尖点地，两膝屈蹲坐盘，右手向右摆腕往右前下方摆扫（扇面距地面约10~20厘米），左臂向后斜上伸举，掌心斜向上，然后右脚跟落地，脚尖外撇，至脚尖向南，左脚掌为轴，脚跟离地继续右转90°，上体面向南，扇面平行地面向右摆扫（见图4-124、图4-125、图4-126）。

图4-124

（2）盘膝斜削

右脚站稳后重心上移，左大腿向前提起，小腿内收盘曲，

图4-125　　　　　　　　　　图4-126

外踝贴于右膝之上；两手仰举，扇向头部左侧摆拍，左手与右腕相合，然后右膝屈曲，重心下落坐右腿，左小腿平横，足底朝天，上体稍向前倾。右手平扇以扇沿向西南斜下削落，左手则向东偏北伸展，手心斜向下，两臂成一条斜向的直线。眼看扇面（见图4-127、图4-128）。

图4-127　　　　　　　　　　图4-128

30.鬼王掊扇（东）

（1）撤步左掊

左脚向左后落步，上体左转面向正东成右弓步。右手腕外转，虎口向上持立扇，向上横掊至额的左前上方；左掌收于背后，贴腰际（见图4-129）。

（2）退步右掊

重心后移，右脚后退一步成左弓步，扇面向右摆掊，高与肩平（见图4-130）。

图4-129

图4-130

（3）退步左掊

重心后移，左脚后退一步成右弓步，扇向左摆掊，高与肋平（见图4-131）。

（4）碎步摆泼

重心后移，右脚后退，曲膝坐腿，腰略向右转，左脚跟离地成虚步；扇面向右摆泼，高与腹平；如是右—左—右—左—右连续相继退五步，频率渐渐加快，右手立扇随之配

图4-131

合在腹前左右抖摆，至右脚向后落步，脚跟着地，左脚在前成虚步。始终眼看前方（见图4-132、图4-133、图4-134）。

（5）摆步挂扇

右脚向前摆步，重心前移；左臂外摆，左掌撑架；扇经右向前挂截，扇沿向前，边骨与前臂贴拢。眼随扇动（见图4-135）。

图4-132　　　　　　　图4-133　　　　　　　图4-134

（6）顶花转体

重心在右腿，左脚前摆落地，左腿与右腿交叉，左手下落收回腰后，右手向前向后划弧再旋摆向上；上臂贴右耳旁，立扇扇沿向西（见图4-136）。然后，右掌向背侧屈腕，托平扇于头顶后上方。以两脚掌为轴，向右后转体约270°，上体向东偏南，在转身过程中右手亦同时托平扇作顶花转旋360°（见图4-136、图4-137、图4-138）。

图4-135　　　　　　　图4-136　　　　　　图4-137

（7）挑扇勾踢

左脚向前（东）上一步，重心前移，弓左腿，同时右手向后划弧下落，侧立扇经身体右侧向前摆割（见图4-139、图

图4-138　　　　　　　　　　图4-139

4-140）。然后右脚尖勾起向前上方勾踢，同时上体后坐于左腿，带动右前臂向内收屈，右手持立扇，扇沿向上挑割，立扇于右肩前；左手扶贴右腕。眼向前看（见图4-141）。

图4-140　　　　　　　　　　图4-141

31. 探海神针（转体平衡，西）

右脚向后落步，脚掌外撇；左脚掌碾地，上体右转至面朝正西方向，重心落右脚上；左腿先收屈，大腿提平，然后向后平伸上举，脚背展平，足尖向东。同时两手自腹前向前后伸展，右手立扇以扇沿向前下方推出，距地面10～20厘米；左手向后上方伸举，掌心向外指尖斜向上，两臂伸拉成一条左高右低的倾斜直线。头稍仰。眼看前方（见图4-142、图4-143、图4-144、图4-145）。

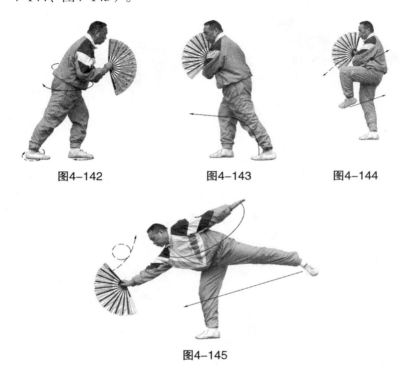

图4-142   图4-143   图4-144

图4-145

32. 风卷残荷（南）

（1）弓步铲扇

上体拔起，左膝曲屈前顶，大腿提平，小腿内收屈，脚尖下垂；右肘上抬，右腕内转，手心斜向外，扇向右上方抽提成侧立扇。同时左掌收摆于右胸前，掌心与扇面平行斜相对（见图4-146）。然后左脚向左前（西南）落步，重心左移弓膝成左弓步；右手腕外旋翻手心向上，顺时针方向推平扇经体前向左前方铲出。左臂上举，左掌架于头的左外侧（见图4-147）。

图4-146 图4-147

（2）行步摆扇

右脚经左踝内侧向西北方向摆步，左脚向北扣步，右脚向东摆步，左脚向南扣步，同时左臂下落平伸，左掌外撑，如是右摆左扣共走四步成一圆周，至左脚扣至面向南方，两手姿势不变（见图4-148、图4-149、图4-150、图4-151）。

图4-148 图4-149

（3）云扇摆莲

重心移至左腿，右手向前向外平摆划弧上举，平扇腕花后以扇面向前下方拍落，往右侧绕弧收于背后，左臂上撑托掌；右脚向左上方踢起往右摆扫，与左掌相拍击响（见图4-152）。

图4-150   图4-151   图4-152

33. 大鹏展翅（南）

（1）独立控腿

摆莲之后大腿上提，小腿收屈，脚尖下垂，成左独立步；左臂上撑托掌及其他姿势不变（见图4-153）。

（2）弓步展臂

右脚向右横落步，重心右移成右横弓步，右手自腰际向腹前左摆提扇向斜上方伸展合扇，以扇端斜穿，右肩臂成靠势，右腕高与头平；左掌同时向体前与右肘弯相擦过往左下侧拉开，掌心轻轻下按，高与胯平，眼看正前方（见图4-154、图4-155）。

图4-153

图4-154

211

图4-155

34. 玉女穿梭（东）

（1）并步平刺

撇左脚，扣右脚，上体左转约90°，同时左掌举架，右扇下落于右腰侧。然后右脚向左脚并拢，成并立步，脚尖向东。同时左掌向后伸展，掌心向北，指尖朝西；右手持合扇经腰旁向前伸展，以扇端刺出，两臂平肩，拉成直线。眼看前方（见图4-156、图4-157）。

图4-156

图4-157

（2）弹踢左推

两膝略曲蹲，右手持扇向上向后划弧，收于左肋前，手心向下，扇端向后；左手亦屈肘收合于左肋前，掌心向前，指尖向下，腕根与扇骨相贴，眼看左掌。然后右手满把握扇以扇端向前撩起后反手将扇柄向右肩后抽回，使扇体平直，扇端朝东，同时左掌旋腕向前推出，掌心向前，指尖平眼。左腿站稳，右脚向前弹踢，脚尖上勾（见图4–158、图4–159）。

图4–158

（3）弓步斜插

腰向左转，右脚向横落步成左弓步，同时左掌经面前上提架于头的左后上方；右前臂内旋，右手持合扇以扇端向前斜下方插落，上体稍前倾。眼看扇端方向（见图4--160）。

图4–159

图4–160

35. 天女散花（东北—东南—西南—西北）

（1）虚步展扇

展扇的定式面向东北。

接上式左腿支承重心，右脚向左前方（东北）出步，脚掌着地成右虚步。腰微右转，上体略后仰，右手持扇上提向左向上再向右斜上方划弧展扇，左手立掌于右肩前，眼看扇面（见图4–161）。

（2）跳步展扇

展扇的定式向东南，以两脚前掌为轴，上体左转至正面朝东，左膝曲屈成交叉步，同时右手合扇，两臂收抱于体前，左手在里，掌指按右肘弯。然后左脚蹬地，右脚向东南方跳步，左脚又随之插向东南方向成交叉步，塌腰略向右转。与跳步同时，右臂向斜上方伸展展扇，手心、扇面斜向上；左手向下经腹前往左上方提起架于头上外侧，掌心向上，指尖向里。眼回望扇面（见图4-162、图4-163）。

图4-161　　　　　图4-162　　　　　图4-163

（3）歇步展扇

展扇的定式向西南。

上体左转朝西，右膝微曲，右手合扇收落于胸前，左掌指亦下落按于右腕。然后右脚蹬地，左脚向西南方向小跳落地，右脚随即插于左脚之后，坐盘。两臂右下左上分展，右手手心向上平展扇，高与膝平，扇沿向西南，左掌上架，眼看扇面（见图4-164、图4-165、图4-166）。

（4）独立展扇

展扇的定式向西北。

重心上起，右脚向右前（西北）方上一步。重心前移，左膝收屈上提高于腰成右独立步，左脚尖下垂右膝之前。同时右手合扇，屈肘与左掌合于体前然后向前下方展扇，手心向里，扇沿斜向下，高与裆平，左掌立于右肩之前。眼看右手（见图4-167、图4-168）。

图4-164　　　　　图4-165　　　　　图4-166

图4-167　　　　　图4-168

36. 彤云出岫（南）

（1）落步前挡

左脚向西落步，稍曲膝；右小臂内摆，扇面横挡于裆前；左掌按右肘内侧（见图4-169）。

（2）摆步平带

右脚向前摆步，上身稍右转，同时右手平扇向右带，左掌仍按右臂弯（见图4-170）。

（3）旋转平扫

左脚向左横（西）跨一步，上体朝北，两

图4-169

图4-170　　　　　　　　　　图4-171

脚分立，两臂分展，右脚再向西插一步，上体继续右转，面朝东，随转身扇沿横扫上举，两手在头前上方相合（见图4-171、图4-172）。

上动不停，上体继续右转，面朝西南，两脚开立，两臂渐向左右平展（见图4-173）。

（4）歇步展扇

左脚经右小腿前向右侧跨步，两大腿交叉，重心下落成坐盘势，上体面向南，同时两手向左右分撑；右手心向外，侧立扇展于头的右侧上方，左手向左斜下方撑按，高与腰平（见图4-174）。

图4-172　　　　　　　图4-173　　　　　　　图4-174

37. 落花待扫（东）

（1）压扇右转

右手内旋约90°，扇面下压，高与胸平；同时两膝渐伸，重心略向上提，以左脚跟、右脚掌为轴，上体向右后转（见图4-175）。

（2）插步合扇

上体转至面北偏东时两足开立，步幅约与肩宽，两臂向左右平伸（见图4-176）。然后右脚向左脚后插步，脚跟离地，同时两膝曲，坐左腿；左掌收于左腰旁，拗腕使掌心朝前，指尖向下；右手向左横捯，将扇面收合（见图4-177、图4-178）。

图4-175　　　　　　　　　　　　图4-176

图4-177　　　　　图4-178　　　　　图4-179

（3）虚步推掌

重心右移，坐右腿，左脚收回成虚步；同时右手合扇回抽于右胯外侧，扇端与左脚尖一致，左掌自胯旁向前旋腕推出。高与胸平。眼看前方（见图4-179）。

38. 凤凰趔窝（东）

（1）腾空展扇

左脚稍向前踏出蹬地起跳腾空，右腿前伸；同时右手持扇前伸抖腕展扇后随即上身凌空左转合扇（见图4-180）（如年龄较大，不宜腾空，可以改成提腿蹬脚后转体展扇的练法）。

（2）马步藏扇

右脚落地后上体左转，重心落于两腿之间偏右，面向正南成偏马步；右臂

图4-180

向体前曲肘，右手合扇收于右肋前，在左前臂之下；左掌按盖右腕，眼看左方（见图4-181）。

（3）虚步推掌

同37的（3）动作（见图4-182）。

图4-181

图4-182

（4）腾空展扇

动作同38的（1）（见图4–183、图4–184）。

（5）马步藏扇

动作同38的（2）（见图4–185）。

图4–183　　　　　　图4–184　　　　　　图4–185

39. 燕子入巢（东南）

（1）跳步下插

左脚蹬地向左侧小跳，上体左转，右脚落地，脚尖朝北、曲膝；左脚随即向东偏北插步，成交叉步，左足跟离地。右手持合扇向前下方刺出，手心上仰，扇端平膝。左臂同时向斜上顺腕伸展，掌心向北。眼看扇端（见图4–186）。

（2）挂扇转体

左掌背屈，掌心斜向上架托，右腕

图4–186

内扣，扇端向下向左抄挂；同时以左脚掌、右脚跟为轴，上体左转向南，右手合扇随转体继续向左顺时针抄挂，抢臂上举；然后继续左转至面向东，重心移至左腿，右脚在后曲膝成交叉步。右手扇从上下落向左抄挂于左胯外侧；左手合按于右腕上。眼看扇端方向（见图4–187、图4–188）。

图4-187　　　　　图4-188　　　　　图4-189

（3）独立展扇

右脚再向东南上步，左转体面朝东北，两脚开立；两臂经体前上举分展后再落回体前抱合，左掌托右腕背，右脚站稳，左小腿向后收屈，膝向下，两大腿内侧相贴，脚底朝上，成右独立步；同时右手向右横挥，扇面水平展开，扇沿向东南；左掌向左划弧上架。眼看展扇方向（见图4-189、图4-190）。

图4-190

40. 童子拜佛（南）

（1）跳步下截

合扇、左脚跳向左侧（西北）落步，右脚随即插步成交叉步；同时右手合扇向上向左划弧，扇体向下横截于左腰旁，左手按右腕（见图4-191、图4-192）。

（2）虚步展扇

以右脚掌为轴，扣左脚上体右转。右手抽把上提，重心坐右腿，左脚变轻。腰右转，右手合扇向右向上划弧，扇端摆向

图4-191

东北；左掌随扇沿拍向右肩前，然后左脚提经右脚跟旁向前出半步，脚掌点地成虚步，同时右臂斜伸，右手向右斜上方展扇，高与头平。左掌掌心向下按于右胸前（见图4-193、图4-194）。

图4-192   图4-193   图4-194

（3）上步合扇

合扇、左脚跟着地，重心前移，右脚向前上步成右虚步。同时两手自右向上向左下捋，带至胸前相合抱。扇端向上，左掌抱右手背；两臂撑圆，眼看前方（见图4-195、图4-196、图4-197）。

图4--195   图4-196   图4-197

42. 收势（南）

（1）退步分摆

右脚撤步，两手分向两侧下方展开（见图4–198）。

（2）下按还原

左脚向后撤回与右脚成开立步，两手继续仰举，经胸前划弧，扇沿向上，左手在前抱握右手背；然后向前下按于大腿外侧，掌心向下，左脚向右脚收拢，松腕，掌指下垂立正（见图4–199、图4–200、图4–201）。

图4–198

图4–199

图4–200

图4–201

五、四维杆运动套路

（一）四维杆架式名称及分解动作口令

1. **预备式**

（1）立正

（2）开步

2. **二郎担衫（南，起势）**

（1）上步合手

（2）开立分展

（3）左虚步挑

3. **乌龙摆尾（西）**

（1）左把横扫

（2）丁步抽杆

（3）右横扫杆

4. **夜叉探海（西）**

（1）后坐抡杆

（2）虚步挑把

（3）丁步抽杆

（4）独立下劈

5. **苏武牧羊（西南）**

（1）叉步抽杆

（2）摆步提杆

（3）独立蹬架

（4）叉步下鞭

（5）弓步斜挡

（6）丁步云杆

（7）弓步斜鞭

6. **白蛇吐信（东北—东南）**

（1）右转崩杆

（2）左转击耳

7. **太公钓鱼（西）**

（1）右转下拨

（2）震脚前点

8. **叶底翻花（西）**

（1）盖步左拨

（2）虚步反撩

9. **雁落平沙（西北）**

（1）左转平抡

（2）坐盘下截

10. **灵貂扑食（弓步上撩，东）**

11. **连环三杆（东）**

（1）独立戳把

（2）进步挑把

（3）偏马劈头

12. **落花待扫（东）**

（1）叉步左插

（2）弓步右拦

（3）歇步挑把

（4）标把戳喉

13. **闪通臂（东）**

（1）上步抽杆

（2）弓步斜鞭

（3）偏马斜架

14. **韦驮献杖（盘膝平扎，东）**

15. **艄公摇橹（往东退）**

（1）弓步右扫

（2）虚步挑杆

（3）独立下截

（4）插步绞截

（5）退步绞截

16. **回马鞭（东南—西）**

（1）退步抽杆

（2）独立斜鞭

（3）弓步盖劈

17. **白鹤晾翅（西）**

（1）右转挂杆

（2）并步杵杆

18. **白猿献果（西）**

（1）仆步下压

（2）并步平扎

19. **左右插花（西，摆扣弧行走五步—圆周）**

（1）摆步左挂

（2）扣步右挂

（3）摆步左挂

（4）扣步右挂

（5）摆步左挂

（6）上步斜架

20. **横扫千军（东）**

（1）仆步左扫

（2）旋转平扫

21. **走马斜鞭（走东鞭西）**

（1）虚步挑把

（2）叉步斜鞭

22. **丹凤朝阳（东）**

（1）弓步直劈

（2）踢脚垂杆

（3）独立上架

23. **魁星提斗（东）**

（1）落步左挂

（2）偏马劈把

（3）退步下拨

（4）后坐前挡

（5）独立撩脚

24. **左右车轮（东）**

（1）盖步左挂

（2）虚步撩裆

（3）丁步回劈

（4）进步右撩

25. **巫山云雨（东北—西）**

（1）后坐平云

（2）插步反拨

（3）右后云杆

（4）背杆拍脚

（5）独立推掌

26. **雨打芭蕉（西）**

（1）震脚前劈

（2）双震下劈

27. **拨草寻蛇（西北—西南—西北）**

（1）右转斜拨

（2）虚步下截

（3）弓步左截

（4）虚步下截

28. 罗汉晒狮（西北—西南）

（1）弓步右格

（2）弓步左格

29. 铁拐骑驴（东）

（1）右转挂杆

（2）独立后戳

（3）弓步标把

（4）虚步挑杆

30. 潜龙卧波（西—东）

（1）右转挑把

（2）弓步横扫

（3）马步横扫

31. 敬德提鞭（西—东）

（1）仆步斜截

（2）右坐扶膝

（3）虚步提杆

32. 仰天长啸（东）

（1）提膝左挂

（2）落步挑把

（3）仰体撩杆

33. 燕子抄水（东）

（1）叉步后截

（2）上步提杆

（3）弓步横扫

（4）上步换把

（5）弓步横扫

34. 黄龙搅水（东）

（1）后坐左挂

（2）撤步右挂

（3）退步左挂

（4）退步右挂

（5）进步舞花

（6）退步舞花

（7）虚步藏杆

35. 顺水推舟（东）

（1）叉步压把

（2）弓步戳把

36. 回马枪

（1）回身扎杆

（2）拿拦枪法

37. 力拔山河（西、面南）

（1）拿拦再练

（2）偏马斜架

38. 七星拱照（南）

（1）左转压把

（2）右转压杆

（3）虚步亮掌

39. 童子拜佛（南，收势）

（1）弓步合手

（2）立步分摆

（3）划弧合抱

（4）下按还原

（二）四维杆套路详细图解

1. 预备式（面向南）

（1）立正

左手虎口向上握于杆体的上三分之一处，杆把向上；立正姿势，头容正直，眼平视前方（见图5-1）。

（2）开步

左脚向左横开一步，步幅与肩同宽；其他姿势不变（见图5-2）。

图5-1　　　　　图5-2

2. 二郎担衫（南，起势）

（1）上步合手

左脚向前出一步，重心前移成左弓步；同时两手向前上伸，左手成拳握杆，以杆把向前上方戳出，杆体紧贴左前臂；右手成掌，手指与左拳相贴，高与头平（见图5-3）。

【攻防】两手合十向对方行举手礼，并以杆把戳敌方前额或眼。

（2）开立分展

图5-3

227

重心后移，左脚撤回原处成开立姿势，同时两手腕边外旋边下落向两旁分开，手心朝前，杆仍贴左前臂（见图5-4）。

【攻防】打开中门，礼让对方进招。

（3）左虚步挑

左脚向前出大半步以前掌着地成虚步；同时左手提杆，虎口向里，右手接握杆把向下压，落于右胯旁。杆端上挑平眼，眼平视前方（见图5-5、图5-6）。

【攻防】用杆前挑中路，截住对方进击。

图5-4　　　　　　　图5-5　　　　　　　图5-6

3. 乌龙摆尾（西）

（1）左把横扫（南）

左脚再出半步，重心前移成左弓步；同时腰稍左转，左手滑向杆端并贴于左腰旁；右手滑至杆的中段，以杆把向前向左平肋横扫。眼看前（见图5-7）。

【攻防】截开对手器械后，立即前进从横向扫击对方左肋。

（2）丁步抽杆

图5-7

右脚脚尖点于左踝内侧成丁步，同时左手向左后抽杆，使右手滑至后端握把（见图5-8）。

（3）右横扫杆

右脚向西开步成右弓步，同时腰右转，右手收于右腰旁，左手滑至杆的中段，以杆端平肋横扫。眼向西平视（见图5-9）。

【攻防】紧逼对方，并横扫其右肋。

图5-8   图5-9

4. 夜叉探海（西）

（1）后坐抡杆

重心后移于左腿，同时左手握杆向左后上方抽提，左手平肩（见图5-10）。

（2）虚步挑把（西南）

上动不停，右脚收经右内踝旁再向西南方出半步，前脚掌着地成虚步；左手落于左腰旁，右手虎口向内握杆向前上方挑把。杆把平眼。眼看杆把（见图5-11）。

【攻防】挑架对手器械的劈或刺。

（3）丁步抽杆

右脚收回左踝旁成丁步，右手滑至杆把前，左手将杆斜向左下后方抽握（见图5-12）。

（4）独立下劈

右脚向前（西）上步，重心前移，左膝提起成右独立步；同时右手持杆上举往前下方劈落，杆端与膝平。左掌上架于左

图5-10 　　　　　 图5-11 　　　　　 图5-12

额前上方。眼看前下方（见图5-13、图5-14）。

【攻防】劈击对手头部或肩臂。

图5-13 　　　　　　　　 图5-14

5. 苏武牧羊（西南）

（1）叉步抽杆

左脚向西往前盖落，两大腿内侧相贴成交叉步；右腕内旋将杆把抽至左肩前，手心向里，杆体平横向西。左手掌指扶贴右腕，眼向西平视（见图5-15）。

（2）摆步提杆

右脚向西摆步，同时腰稍右转，右腕内旋经面前将杆端向上向后下划一大圆弧，左手仍扶右腕。眼看前（见图5-16）。

图5-15   图5-16

（3）独立蹬架

上身继续右转重心落在右脚成独立步，左大腿提平，脚掌背屈成"锄头脚"，以脚跟向前蹬出。同时右臂上举，杆往上架托，左手经面向前立掌推出，指尖平眼，掌心向前。眼看前（见图5-17、图5-18）。

【攻防】托住对手的器械，左掌虚击其面门，左脚同时蹬对手胸腹。

图5-17   图5-18

（4）叉步下鞭

左脚斜摆向前盖落，两腿交叉，腰向左转，右手外旋握杆把；滑动左手，至右手后握把端，使杆向下斜鞭。杆端约与踝平，左手握杆把贴近腹前。眼看杆端（见图5-19、图5-20）。

231

图5-19　　　　　　　　　　图5-20

【攻防】对方没站稳脚跟，我即前进一步并顺势挥杆斜落，鞭击其胫或外踝。

（5）弓步斜挡（西北）

右脚向西北上步，脚跟先着地，右手提杆杆端从右下向上向左划弧。左手离开杆把迎向杆的末端，接着重心前移成右弓步；右手平肋，左手高于头，虎口相对握杆向前推出。平视前方（见图5-21、图5-22）。

【攻防】对方对我右侧头部击来，我即推杆向右斜上方挡格。

（6）丁步云杆

左脚前移于右踝旁成丁步，右手持杆内旋，使杆尖逆时针方向划弧于面前平云一周，左手同时松握（见图5-23）。

图5-21　　　　　　图5-22　　　　　　图5-23

【攻防】抡圈拨开对手器械。

（7）弓步斜鞭

上动不停，左脚向西南迈出成左弓步，同时左手接握杆把末端，右手握杆击向左斜上方，杆端平头，眼看前（见图5-24、图5-25）。

【攻防】顺势挥杆鞭击对方左侧头部。

图5-24　　　　　　　　　图5-25

6. 白蛇吐信（东北—东南）

（1）右崩绷杆

右脚扣脚上步，脚尖朝南，与左脚尖相距约20厘米。重心右移，左膝曲屈，脚跟离地成半跪步，同时腰猛然右转，头回望，两腕后抖，杆端向右后方反击（见图5-26、图5-27）。

图5-26　　　　　　　　　图5-27

【攻防】设我背后右侧有敌来攻，我即跨前一步闪避并予反击。

（2）左转击耳

腰左转，左脚稍向前移，前掌点地使脚尖向东南成左虚步，上体稍向右倚，杆端击向东南左上方，杆端平耳。眼朝打击方向（见图5-28、图5-29）。

【攻防】左侧有敌来攻，我即顺右击之势向左上方鞭击其头部。

图5-28　　　　　　　　　　图5-29

7. 太公钓鱼（西）

（1）右转下拨

左脚碾地，上身右转，坐左腿；右脚跟离地成虚步，同时右腕内旋杆杆端往右脚尖方向下拨，杆尖离地约10厘米。眼看杆端（见图5-30、图5-31）。

【攻防】设又有敌从我右侧扫刺我腿，我立即回身截格。

（2）震脚前点

重心前移，右脚踏稳，左手握把，杆端向右绞拨；（见图5-32）然后右手松握，左手紧握把，右手靠近左手前约10厘米握杆，杆端从上向前点击。同时左脚前移在右脚旁震踏，两膝微曲成并立步。两手在身前正中，平胸。杆尖约与膝相平。眼

图5-30

图5-31

图5-32

看前下方（见图5-33、图5-34）。

【攻防】接前防势，顺绞腕点击对方手腕。

图5-33

图5-34

8. 叶底翻花（西）

（1）盖步左拨

左脚向前盖步，右腕外旋托杆往左后上方斜拨，杆端平头，眼看杆端（见图5-35）。

（2）虚步反撩

腰继续左转，左手离开杆把，右手握杆划弧，右脚向前出步成右虚步；同时杆端从后向下向前划圆撩出，右手虎口斜向下，杆端高与胸相平。左手贴近右臂弯。眼看前（见图5-36）。

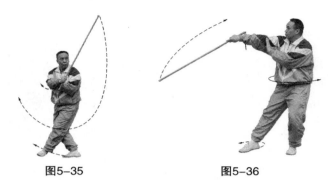

<table>
图5-35　　　　　　　　　　图5-36
</table>

图5-35　　　　　　　　　　图5-36

【攻防】设对方器械奔向我面门，我即以杆粘贴其器械化解攻势并反撩击其裆。

9. 雁落平沙（西北）

（1）左转平抢

右脚前掌为轴脚跟外拧，上身左转；同时右腕外旋上翻，手心向上握杆把使杆端在头的右侧上方顺时针平往后往左划弧，左掌立于胸前（见图5-37）。

（2）坐盘下截

左脚从右脚跟后插向西北，重心下移成坐盘势；同时右手握杆往右下方（西北）截击。左手向左上方伸举，掌心斜向上，平头，眼看下截方向（见图5-38）。

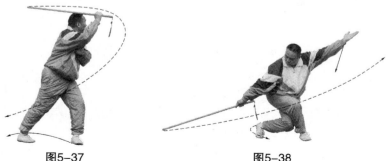

图5-37　　　　　　　　　　图5-38

【攻防】设敌又进攻我上路，我即平抢杆拨开其械，反攻其下盘。

10. 灵貂扑食（弓步上撩，东）

重心边上起边左转成右弓步，杆尖从身体右侧向前上方撩击，高与喉平；左手同时紧贴右手后接握杆把，两手均为顺手。眼看前（见图5-39）。

【攻防】左侧之敌欲趁我坐势来攻，我立即冲前撩截，以攻为守。

图5-39

11. 连环三杆（东）

（1）独立戳把

重心前移，左膝上提平骻成右独立步；左手松握杆不动，右手前移至杆端将杆往后平推，力达杆把向左后（西北）方向戳击。头回望杆端（见图5-40、图5-41）。

【攻防】左后方之敌扑来，我可不回身便反戳其胸肋。

图5-40

图5-41

（2）进步挑把

左脚前落，重心移至左腿，右脚向东出半步成右虚步；左手扔虚握，右手握住杆端稍上提往右肋旁下压，左手同时平胸握杆将杆把向前上方挑起，高与喉平。两手虎口相对。眼看前（见图5-42、图5-43）。

【攻防】前方之敌直插我喉，我不避反向前挑架。

图5-42

图5-43

（3）偏马劈头

重心仍在左腿，右脚再前出半步，脚尖扣向东北成左偏马步；同时左手收回左腹前，右手换成正握，虎口朝前，杆端从后往上向前（东）劈落，至定势时杆体平腹；两手分贴近左右腹角。实在打击点为假设敌的头部。眼看前（见图5-44）。

图5-44

【攻防】接前势进击，力劈对方天灵盖。

12. 落花待扫（东）

（1）叉步左插

左脚往前盖步，重心稍下移成交叉步；同时左手松握，右手换成反手握杆的前端，将杆把插向左后下方离地面约10厘米，回头下看（见图5–45）。

【攻防】设敌从后扎我左足跟，我立即抬左脚走避，同时用杆后插截击。

（2）弓步右拦

右脚向东上步，重心前移成右弓步，同时腰右转带动杆把往右前方拦截，两手握杆位置不变，杆把摆至右脚尖前，离地约10厘米，眼看前下方（见图5–46）。

【攻防】设敌自前方右下侧进攻，我即以杆往右前方拦截。

图5–45　　　　　　　　　　　　图5–46

（3）歇步挑把

上体右转并半蹲成歇步，同时左手固定杆体，右手压杆端将杆把往上挑起约与胸平。眼看前（见图5–47）。

【攻防】将对方攻进的器械挑起化解攻击。

（4）标把戳喉

上体继续往下坐成坐盘势，同时两臂前伸，左手松握，右手推杆，使杆把向前上戳击，高于头（设与敌对方喉部平）。两手在胸前，左手稍高，两虎口相对，眼看前（见图5–48）。

【攻防】顺上势不停，变防为攻，以杆把迅速戳击对方咽喉。

图5-47   图5-48

13. 闪通臂（东）

（1）上步抽杆

重心向上起，左脚往东出步，脚跟着地，同时左手不动，右手往右腰后抽杆并外转腕换成正手准备握杆（见图5-49）。

（2）弓步斜鞭

左脚往东上一步，重心前移成左弓步，腰稍左转，左手拉回左肋前，右手从后向前上方挥摆，压住杆体以其前端从右上向左下斜鞭，高与头平。两手俱为正握。眼看前（见图5-50）。

【攻防】对方后退，我即跟进打击其左额。

图5-49   图5-50

（3）偏马斜架

重心稍后移，左脚掌内扣成右偏马步；右手成反握杆往右额上方后侧回拉，左手如日字拳正握杆把直向前伸，平对左肩，杆斜向上架。两手虎口相对，眼看东面（见图5-51、图5-52）。

【攻防】对方劈打，我即稍退坐稳右腿，以杆护头。

图5-51　　　　　　　　　图5-52

14. 韦驮献杵（盘膝平扎，东）

重心左移，左腿独立屈膝半蹲；右脚盘膝，外踝垫于左膝上方，足底向东；同时左手松握，右手握杆下落平胸向左侧横推，杆把往东平扎。眼看杆扎出的方向（见图5-53、图5-54）。

图5-53　　　　　　　　　图5-54

【攻防】其往前之势未停，迅即以杆把扎对方胸口膻中穴。

15. 艄公摇橹（往东退）

（1）弓步右扫

右脚向右侧（西）落步，脚尖撇向西成右弓步；同时腰右转，两手虎口相对握杆往右平腰横扫（见图5-55）。

图5-55

【攻防】左敌暂退，右侧之敌将至，我即先发，横扫其肋。

（2）虚步挑杆

重心后移，腰略左旋，右脚收回小半步向西南成虚步；同时左手收向左腰旁，右手握杆以杆端向前上方挑起，平胸。两手虎口相对，眼看前（见图5-56、图5-57）。

【攻防】对手攻我下盘，我即稍退以杆挑开其械。

（3）独立下截

左腿站稳，上体向西南成左独立步，右膝上提，脚尖下垂；左手反手握把平肩，右手握杆往右下方拨截，在右膝外侧。眼看杆端（见图5-58）。

图5-56

图5-57

图5-58

【攻防】敌从我右侧扫我腿，我即抬起右腿并以杆向右下方截击。

（4）插步绞截

右脚向东插落，脚跟落地，右腿前伸，弓左膝；同时右手主动握杆使杆端往右后下方绞动拨截，状如划船（见图5-59）。

图5-59

（5）退步绞截

左脚向东退一步，右脚再插向其后，仍是左弓腿；左手下压拉回左腰前，右手从后上提往前逆时针向下绞，杆端在竖面上划一圆周再下截于右后。眼随杆的动作（见图5-60、图5-61）。

【攻防】敌连环扫腿，我则连续后退以杆连续绞圈下截。

图5-60

图5-61

16. 回马鞭（东南—西）

（1）退步抽杆

接上势左脚仍向东插步，左手亦同时握杆把往左抽拉（见图5-62）。

图5-62　　　　　　　　　　　　图5-63

（2）独立斜鞭

重心左移，左脚站稳，右脚面收在左膝弯后勾住成左独立步。左手握把挥杆向左侧（东稍偏南）鞭落，杆端平膝；右掌向头右上方托架，掌心向外（见图5-63、图5-64）。

【攻防】左敌逼近，我不可再退，只独立回身挥杆斜鞭其膝。

图5-64

（3）弓步盖劈

右脚向右侧（西）落步，上体右转成右弓步，同时左手握杆把挥杆往右劈击，右掌接托杆的中段，杆端高与肩平。两手的虎口均朝前。眼看杆端（见图5-65）。

图5-65

【攻防】右敌仍抢前，我以杆从上向下力劈其头，令其改攻为守。

17. 白鹤晾翅（西）

（1）右转挂杆

右脚后退一步，上体边右转重心边后移，两手握杆不变；右手心向外，拉杆往右下挂拨，杆尖向右后下方，眼随杆转（见图5-66）。

（2）并步杵杆

上动不停，重心后移于右腿，左脚收回与右脚并拢，两膝自然站直成并立步；同时右手挑杆尖上举，左手握把横于右肋前，右臂直向上伸，杆体杵竖。眼平视前方（见图5-67）。

【攻防】敌亦连消带打，架开我的直劈随即连续两次扎我右肩，我当后退并右挂杆消解第一扎，再后移重心杆立杆体横截其第二次扎击。

图5-66   图5-67

18. 白猿献果（西）

（1）仆步下压

左脚后退一步，上身下扑，重心落左腿，右腿平铺地面成仆步；同时左手拉回左裆前，虎口朝前，右手顺手持杆从上往下劈压，眼看杆端（见图5-68）。

【攻防】乘上势我以杆粘贴住对方器械向下镇压，使其脱手。

（2）并步平扎

重心往上，左脚向前与右脚相并拢直立，同时右手虚握，左手在后握把向前推杆，杆尖平胸扎出。眼平视前方（见图5-69）。

【攻防】无论对方脱把与否，我不失时机地以杆尖平扎戳向其胸。

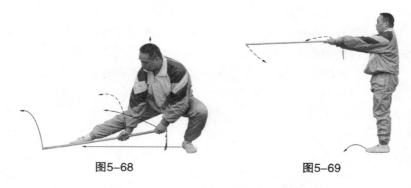

图5-68   图5-69

19. 左右插花（西，摆扣弧行走五步一圆周）

（1）摆步左挂

左脚向西南斜摆落步，重心稍前移，左手离杆成掌扶于右前臂内侧；右手握杆，腕臂内旋使杆尖向左下插，往后挂（见图5-70、图5-71）。

（2）扣步右挂

上身稍左转，右脚扣步，脚尖朝左脚尖外侧；同时右腕外旋，手心向上，令杆尖往身体前右下插挂，左掌心向前推压杆体后端，两手相距约10厘米，眼回望杆尖（见图5-72）。

图5-70　　　　　　　图5-71　　　　　　　图5-72

（3）摆步左挂

动作与（1）同，唯左脚摆步向东北（见图5-73）。

（4）扣步右挂

动作与（2）同，唯右脚扣步向北（见图5-74）。

（5）摆步左挂

动作与（1）同，唯左脚摆步向西（见图5-75）。

【攻防】舞动杆花，左右挡格对方连续扎刺。

图5-73　　　　　　　图5-74　　　　　　　图5-75

（6）上步斜架

续上势，右脚向西上步成右弓步，右手反握，手心斜向上，右臂平伸向前；左手也握杆把推于头的前上方，虎口朝下（见图5-76、图5-77）。

图5-76   图5-77

【攻防】对手器械直劈而下，我举杆托架。

20. 横扫千军（东）

（1）仆步左扫

重心全移于右并下压，右膝
屈曲全蹲，左腿平伸，足尖内扣成
仆步。右手离杆亮掌架于头右上
方，左手握把向左下扫击，杆体与
腿平行，杆尖离地约10厘米。眼看
左侧下方（见图5-78）。

图5-78

【攻防】回过身来避过敌方
劈头，同时以杆端扫击对方下肢。

（2）旋转平扫

保持上体下蹲仆步
和右掌上架姿态，以右
脚掌为轴右转360°，左
脚同时平拖地面摆扫一
周复原位（见图5-79、
图5-80）。

图5-79

【攻防】对方跳起避

图5-80

开，我即右旋一周以前扫腿带杆再扫击对方下盘。

21. 走马斜鞭（走东鞭西）

（1）虚步挑把

重心前移后右脚向前出，脚跟离地成右虚步；同时左手前起内旋，右手接杆端下压于右腰旁，使杆把前上挑平眼（见图5-81）。

【攻防】对手趁我重心全落下盘，点击我头部，我即挑把，截其械。

（2）叉步斜鞭

重心前移，右脚跟内拧落实，上体右后转，左脚跟离地成歇步；左手上架于头的左上方，掌心朝里右手握杆端，以杆把向右后下方鞭击，眼看杆把（见图5-82）。

图5-81

图5-82

249

【攻防】回身往右后斜鞭对方下路。

22. 丹凤朝阳（东）

（1）弓步直劈

左脚向前垫步，脚跟着地，脚尖朝上；同时左掌经面下落摆至腹前，右腕外转仰手心朝上握杆提起。重心前移成左弓步，同时右手挥臂向前，杆把劈落，左手向左外侧划弧撑举。杆与臂平直。眼看前（见图5-83）。

【攻防】进步直向前追劈对手。

图5-83　　　　　　　　　　　　　图5-84

（2）踢脚垂杆

重心落左脚站稳，右脚勾脚尖向上踢；同时左掌架于头的左上方，右手往下摆于右侧；手心向后，杆与右前臂相贴，杆把下垂。眼看前（见图5-84）。

【攻防】进而起脚正踢对方。

（3）独立上架

续上势，右脚尖踢向额前之后，小腿收屈，脚尖下垂成左独立姿势，左掌仍上架不变（见图5-85）。

图5-85

23. 魁星提斗（东）

（1）落步左挂

续上势，右脚落地，脚掌稍内扣，上体稍左转，右手虎口向右经腹前将杆把往左穿挂（见图5-86）。

（2）偏马劈把

上动不停，右脚再向右侧移半步踏稳，重心偏左成左偏马步，上体半面向东北，左手接握杆的后段，右腕前翻，杆把向右平劈，杆体平腹；左手手心向内，贴近左腹。眼看前（见图5-87）。

【攻防】两个分解动作连续，挂开对方从左刺来的进攻立即给予弹击。

图5-86　　　　　　　　　　图5-87

（3）退步下拨

右脚向右后退一步，同时右手换成反握，两手虎口相对握杆往右后下侧截拨，把端距地约20厘米（见图5-88）。

【攻防】对方扎我右腿，我即后退，并以杆拨截。

（4）后坐前挡

重心后移，坐右腿；杆把由下向后向上划弧倒竖，左手在腹前，右手背对额，眼看前（见图5-89）。

【攻防】对手紧接着扎我中路，我即竖杆横向截住。

图5-88   图5-89   图5-90

（5）独立撩脚

续上势，重心稳于右腿独立，左膝上顶，胯稍外展，脚尖上挑平腹，两手握杆动作不变，杆把朝上。眼仍看前（见图5-90）。

【攻防】与上动同时，提膝以左脚撩向对方小腹下。

24. 左右车轮（东）

（1）盖步左挂

左脚向前盖落同时上体稍左转，杆尖在左腿外侧下落后挂（见图5-91）。

【攻防】挂开对方器械向我左侧攻击。

（2）虚步撩裆

续上势，体重落于左腿，右脚向前迈出，脚前掌着地，腰右转成右虚步；右手握把端下落收于右腰间，左手成反

图5-91

握，杆端从左下弧形向前撩起，杆尖高与喉平，眼看前（见图5-92）。

【攻防】进而撩攻对手裆部。

（3）丁步回劈

图5-92

图5-93

上体右转，重心前移，右脚跟落地，左脚前移脚尖在右踝旁点地成丁步；同时左手离杆摆至右肩前，右臂伸向右后，右手握把向右后（西南）运杆回劈，杆端平眼（见图5-93）。

【攻防】回身挥杆虚击背后之敌。

（4）进步右撩

左脚向东侧垫步，上体左转，右脚随即向东迈出一步成右弓步；同时杆尖下落经地面向前撩举，右臂平肩，杆尖略低，约与肋相平。左手向左侧弧形摆划，上架于头的左上方。眼看东方（见图5-94）。

图5-94

【攻防】实则从下向上撩攻前面之敌。

25. 巫山云雨（东北—西）

（1）后坐平云

重心后移，右手反手提杆令杆端向左逆时针方向在头的前上方划平圆；同时后坐，左手在杆的前段接杆体，头略后仰

（见图5-95）。

（2）插步反拨

接上动不停，重心在左，右脚向左脚跟后插步，脚跟着地成左弓步；腰稍左转同时杆继续划圆，左臂平伸，掌心向外（东北）反手拨杆，右手握把在左上臂下腋前，眼看左前方（见图5-96）。

【攻防】对方扎我的面门，我即后仰，用杆抡拨其械，又反打其头部。

图5-95　　　　　　　　　　图5-96

（3）右后云杆

重心后移坐右腿，左脚尖上翘右转体，扣左脚；左手放松换成正手握杆，杆端从右向左后顺时针方向划圆，左手斜下落至右腋下（见图5-97、图5-98）。

（4）背杆拍脚

续上势，重心全移于右腿站稳，右手虎口贴杆，以拇指和食指夹持杆体近把的一端，成正手握杆下压，使杆体竖立背于右肩胛后，杆把向下；同时左手离杆提经面前向前推掌，同时起左脚前踢，左手拍左脚面，击响。正面向西。眼看前（见图5-99、图5-100）。

【攻防】背后之敌扎我项背，我即转身抡拨，并踢对方手腕。

图5-97　　　　　　图5-98　　　　　　图5-99

（5）独立推掌

续上势，左小腿收屈膝上提，脚尖下垂；右手动作不变，左手收回右胸前再经面前推出（见图5-101）。

图5-100　　　　　　　　图5-101

26. 雨打芭蕉（西）

（1）震脚前劈

右脚蹬地，原地小跳，左脚快速踏地震脚，右脚随之落前，脚尖向西，偏坐左腿成半马步；右腕内转，杆向左挂往上翻向前下砸劈，杆体平腹，左手握杆把。眼看前（见图5-102、图5-103、图5-104）。

【攻防】上势是以静待动，对方一有动作我即劈击，可打丢

255

图5-102   图5-103   图5-104

其械。又设对方俯身扫我右腿，我即快速踩踏其械，并猛击其头。

（2）双震下劈

左脚登地直向上腾空起跳，双手握杆翘腕往上崩杆；然后两脚左右先后踏地震响，杆再向下砸劈（见图5-105、图5-106、图5-107）。

【攻防】再次踏击，加大打击力度。

图5-105   图5-106   图5-107

27. 拨草寻蛇（西北—西南—西北）

（1）右转斜拨

续上势，重心前移，成右弓步；右腕内旋，左腕同时外旋，杆尖向右（西北）斜上方外拨，高与头平，眼看前（见图 5-108）。

【攻防】对方打击我的头部，我即提杆往上招架。

（2）虚步下截

重心移至右腿，左脚向前（西南）上步，以前脚掌着地成虚步，同时右手往左下落，腕外转手心朝上，左手内转手心斜向下与胸平，杆前端向左下截，杆尖与脚尖相对，离地约 10～20 厘米。眼看杆尖（见图 5-109）。

【攻防】对方攻向我右膝扎来，我即以杆前段下落截住。

图5-108　　　　　　　　　图5-109

（3）弓步左截

左脚再向前（西南）上半步成左弓步，左手握把内转平肩，右手再稍外转上托杆体，高约平颧，杆往左前上方架截。眼看前（见图 5-110）。

【攻防】对方击我头部，我即截架其械。

（4）虚步下截

重心移落左腿，右脚向西出半步成右虚步；左腕外旋，落至腹前，右腕内旋平胯，将杆尖摆向西北下截，杆尖距地面约 10～20 厘米（见图 5-111）。

【攻防】对方又扎我左膝，我即向右侧下方拦截。

图5-110　　　　　　　　　图5-111

28. 罗汉晒狮（西北—西南）

（1）弓步右格

右脚向右侧（北偏西）横出一步成右横弓步，同时右手换成反手握杆，双手持竖杆向右冲，横向格截。两手虎口相对，左手拳背平额，右手高与肋平，眼看右前方（见图5-112）。

【攻防】对方从我右侧直击上路，我即横向迎截。

（2）弓步左格

续上势左脚提至右踝内侧成丁步，同时腰稍右转，两手往右侧下落，杆向下向后插挂。上动不停，随之左脚向左侧（南偏西）迈出成左横弓步，同时腰左转，右手握杆提起平头，虎

图5-112　　　　　　　　图5-113

口朝下，左手平肋，虎口朝上向左侧推出，竖杆往左横向格截，杆把向下，眼看左前方（见图5-113）。

【攻防】对方从我左侧直击上路，我即横向迎截。

29. 铁拐骑驴（东）

（1）右转挂杆

两脚以前掌为轴，上体向右后转成交叉步，右脚站稳，左脚跟离地；两手握杆向右后（东）插落，杆尖挂地。头随体转，眼看右后（见图5-114）。

【攻防】有敌从我后面进攻下路，我不及回身，立即转体挂杆于地格挡。

（2）独立后戳

上动稍停，右脚站稳后左膝上提，上体前俯，左大腿水平，小腿后伸，足底朝上，成燕

图5-114

式平衡势。两手持杆平向后直戳。头亦回转望后（见图5-115、图5-116）。

【攻防】右后之敌攻来，我即俯身闪避并反戳之，可化被动为主动。

图5-115

图5-116

（3）弓步标把

续上势重心前落，左脚向前落一步成左弓步；同时左手松

握，右手推杆，杆把向前标出。眼看前（图5-117）。

【攻防】以把戳击前方之敌。

（4）虚步挑杆

重心后移坐右腿，左脚收回半步成左虚步；左手持杆屈肘收回左胯旁，右手持杆前绞，使杆尖上挑。杆尖平眼，两手虎口相对，眼看前（见图5-118）。

图5-117   图5-118

30. 潜龙卧波（西—东）

（1）右转挑把

上势虚步不变，腰略右转，右肘收屈右手落向右胯旁，左手握杆把前挑。杆把平眼（见图5-119）。

图5-119   图5-120

（2）弓步横扫

上身左转，左脚前掌擦地向左（西）划半圆。上体继续左转，左脚跟落地曲膝，蹬右腿成向西的左弓步；同时两手虎口相对分在两肋前握杆向西平摆扫，右手稍向外发劲推击（见图5-120）。

【攻防】以自身转摆惯性冲力扫击左侧来敌。

（3）马步横扫

撤右脚，上身右转。左脚向东上一步，脚尖向东南，重心大部分落于右腿，成半马步；同时两手平握杆，左手稍前推，以杆把一端向东横扫（见图5-121）。

【攻防】右侧之敌来攻，我即前迎横扫之。

图5-121

31. 敬德提鞭（西—东）

（1）仆步斜截

重心左移，上身下落并稍右转，右腿平伸成仆步；同时左手向左上方斜举，掌心向头，右手持杆以杆把向右下斜截，杆体平行右腿，眼看右前下方（见图5-122）。

【攻防】右后之敌攻我背部，我即低扑避过，同时可反击其足。

图5-122

（2）右坐扶膝

重心稍上起并向右回移，左掌扶左膝上（见图5-123）。

（3）虚步提杆

上动不停，坐右腿，左脚略向内收成左虚步；左手扶膝不变，右手持杆直向上竖，杆把向上。眼看左侧（见图5-124）。

【攻防】稍休息待敌之势。

图5-123   图5-124

32. 仰天长啸（东）

（1）提膝左挂

右脚独立，左膝提起，杆把往左侧下方挂插，左手贴近右腿。眼随杆的走势（见图5-125、图5-126）。

图5-125   图5-126

【攻防】以杆勾挂开对方对我左腿的攻击。

（2）落步挑把

左脚向前落步站稳，右脚随向前出一步成右虚步；左手接杆前段，右手往右肋旁下压，杆把向前上方挑起。眼看前（见图5-127）。

【攻防】上势未停，反击其下颌。

（3）仰体撩杆

左足独立，腰带上身后仰，左手收回左肋旁，右手将杆尖向前挑起；同时右脚尖向前撩踢，腹部与颈俱放松（见图5-128）。

【攻防】上动未停再以杆撩其上，脚撩其下。

图5-127　　　　　　　　图5-128

33. 燕子抄水（东）

（1）叉步后截

右脚斜摆向前盖落，重心前移，上身右转，使左脚跟离地成交叉步；同时右手持杆往右侧下方格截，左手仍握把。眼看右后（见图5-129）。

【攻防】后侧之敌扎我臀部，我即回身拦截。

（2）上步提杆

左脚收至右踝内成丁步，右手提杆，杆把在后；左掌握杆

图5-129　　　　　　　　　图5-130

末端。眼看前（见图5-130）。

（3）弓步横扫

重心前移成左弓步，右手握杆往左前抄扫，杆把平头；左手在胸前接握杆的梢段。眼看前（见图5-131）。

图5-131

【攻防】大范围横扫，主要目标击打对方头部。

（4）上步换把

重心前移，右脚落左踝旁成丁步；上体左转，右手持杆向左后划弧，同时左手离开杆把，移向杆中段，右手握于杆梢部分。头随杆转（见图5-132）。

（5）弓步横扫

右脚向前上步成右弓步，同时两手握杆向右前方横扫，杆

图5-132　　　　　　　　　　　　图5-133

把高与头平（见图5-133）。

【攻防】从左侧横扫对方头部。

34. 黄龙搅水（东）

（1）后坐左挂

重心后移于左腿，左手外转使右手虎口向下，杆把向下向后挂（见图5-134）。

（2）撤步右挂

右脚向后（西）撤步，重心边后移右手虎口边向前翻向外旋腕，手心向右拧杆把从上往前往右挂；左手离开杆体扶贴于右腕后推杆（见图5-135）。

图5-134　　　　　　　　　　　　图5-135

（3）退步左挂

动作如（1）（见图5-136）。

（4）退步右挂

动作如（2）（见图5-137）。

图5-136　　　　　　　图5-137　　　　　　　图5-138

（5）进步舞花

左右脚连续各上一步，杆在体侧左右各挂插舞花一圈。当杆向左挂舞花时，左手扶右腕；杆向右挂舞花时，左手扶杆后推。眼看前（见图5-138、图5-139、图5-140、图5-141）。

图5-139　　　　　　　图5-140　　　　　　　图5-141

（6）退步舞花

右脚、左脚、右脚连续退三步，杆同时在体侧两边舞花如前述。

进退的规律是：由2开始，退右，左，右——进右，左，右——退右，左，右；进退的步数多少应以调整收势位置能恢复到起势位置为依归（见图5-142、图5-143、图5-144）。

（7）虚步藏杆

当完成最后一个退右步右挂舞花时即坐右腿，收左脚成左虚步，杆体贴右小臂，杆把下垂；左手成拳经右肩向前冲

图5-142

出，高与胸平（见图5-145、图5-146、图5-147、图5-148、图5-149、图5-150）。

图5-143

图5-144

图5-145

图5-146

图5-147　　　　　　　　　　图5-148

图5-149　　　　　　　　　图5-150

【攻防】挂杆舞花是左右截击对方连续攻击，同时我也挥舞杆体向敌进击。

35. 顺水推舟（东）

（1）叉步压把

上体左转，左脚跟内转落地，右脚跟离地成交叉步；同时杆经身前从下往左、上，顺时针竖面画圆向前盖压。眼看前（见图5-151、图5-152）。

（2）弓步戳把

上动不停，顺势右脚向前上一步，两手前推戳把，高与胸平，眼看前（见图5-153）。

【攻防】敌扎我腿，我记挂拨并盖压其器械；又顺势前戳其

图5-151　　　　　　　图5-152

图5-153

胸，是连消带打的招数。

36. 回马枪（回身扎杆，西、面北）

（1）回身扎杆

撇左脚，扣右脚，上体左转成左弓步，同时两手换手虎口均向西正手握杆，左手虚握，右手握把前推，杆尖向西直扎（见图5-154、图5-155）。

【攻防】背后敌来，我急回身平扎其胸。

（2）拿拦枪法

重心后移于右腿，成半马步；左腕内旋，右腕外旋，杆顺时针往外转压。这是枪法中的"拿"。然后反方向转腕，杆逆时针向内滚压。这是枪法中的"拦"（见图5-156、图5-157）。

图5-154

图5-155

图5-156

图5-157

37. 力拔山河（西，面南）

（1）拿拦再练（见图5-158、图5-159、图5-160）。

图5-158

图5-159

图5-160　　　　　　　　　图5-161

（2）偏马斜架

右脚向西上一步，重心稍前移成右偏马步；同时左手换成反握，右手向前直推平肩，左手斜向上举于头额前，两虎口相对，杆体向西斜架，杆把朝下。眼看右手方向（见图5-161）。

38. 七星拱照（南）

（1）左转压把

撇左脚，扣右脚，上身左转，弓屈左膝，面向东南；同时右手握杆把一端向左前盖压，左手握杆收回左肋旁（见图5-162）。

图5-162　　　　　　　　　图5-163

271

（2）右转压杆

接上势不停，右手顺势下压收于左胯前，左手换成正手持杆伸向右前方；同时重心右转，弓屈右膝，上体右转，杆前端向西南盖压。眼看右前方（见图5-163）。

【攻防】这两动作是连环舞花，向两边分截对方扎击。

（3）虚步亮掌

右手离杆，向右后再向上划弧停于右额前上方亮掌；上体转正向南，左脚前出半步成左虚步，左手持杆，杆体贴前臂，杆尖下垂（图5-164、图5-165）。

图5-164　　　　　　　　图5-165

39. 童子拜佛（南，收势）

（1）弓步合手

左脚前出半步，重心前移成左弓步；同时两手向前上方合拢平头，杆尖斜向上。眼看前（见图5-166）。

（2）立步分摆

左脚退回原处，两脚分立，两手向外转腕后斜着向下落于大腿外侧，掌心朝前；杆贴左前臂。眼平视前方（见图5-167）。

（3）划弧合抱

图5-166

两手分从两侧斜向上举划弧，向中线合拢，右手以立掌腕根贴左虎口前杆体上（见图5-168）。

（4）下按还原

两手下落，垂于大腿旁，杆尖垂向地面；左脚向右脚靠拢成立正姿势。眼平视前方（见图5-169）。

全套路结束。

图5-167　　　　　　　图5-168　　　　　　　图5-169

附录：太极拳元练习谈

无论哪一个流派，太极拳运动都是意识、呼吸、动作三者紧密结合的武术运动。因此，意识、呼吸、动作三方面的活动就成了太极拳锻炼的核心问题。过去，有提到练太极拳"重意不重形"，是指意识活动在练太极拳的主导作用，而不是说无须注意运动的外形姿态。"重"与"不重"是比较而言，它只是突出"心为令"的重要性罢了。太极拳作为一种武术运动，架子形态也是重要的，不然光"有圈之意"而实为"无圈之形"，这还是拳术运动吗?闭目静修岂不更好?所以要练拳，学好"形"还是最基本的第一步，这叫做搭架子。

搭架子，就是将要学的套路中每一个式子逐个学，将身、步、手的姿式学得像模像样，将上下左右肢体协调搞好，这叫做练"型"。"型"是定势。然后把式子一个个按特定的规律连接起来，这就是练"法"。这个"按特定规律连接"的运动过程比较复杂，要有更多的模仿，用更多的心意，把握更多的运动要领。因此，"法"比"型"更难学，更难练得好。当"型"与"法"都基本掌握了，还要不断练习，将"动力定形"模式化。然后，在运动过程中加入技法和运动要领的意念，以意念引领肢体动作去完成已经规范的模式;进一步再研究在意念的统领下，按生理规律使呼吸与动作的进、退，升、降，开、合等紧密结合起来，意念管制呼吸，意念、呼吸引领动作（称为"意到气到，气到劲随"）这样就内外一体，才达到太极拳运动的基本要求。

学拳过程不能一蹴而就，要分阶段。第一阶段学基本步型、步法、身型、手型;学架式;学套路。第二阶段学身法，学眼法，学动作要领;学上下左右连贯的协调性;学轻灵、缓慢、均匀;第三阶段学圆滑、柔和，学意、学劲，学意识引领动作，学内外相合。学精神内敛，意气劲一体。这些阶段都比较漫长，而且每个阶段都要有好的老师给予指导，及时指出缺点，纠正错误，讲解规律。这就是学"规矩"，自己再从练习中消化这些"规矩"，经多年不懈的苦练，练拳时每一举动就可以中规中矩了。过去的人说："大匠晦人，必以规矩"，这是很有道理的。

练太极拳的所有规矩就是把握运动中的矛盾实质和解决好这些矛盾。以下将太极拳运动的基本规律简括地归结为十二对矛盾进行讨论。

1. 阳与阴

阴阳是所有矛盾的总称，在太极拳运动中它包括了相反相乘又互为其根的两个方面，如：虚实、开合、刚柔、动静等等。但主要的是说太极拳运动的本质及其表现的刚与柔方面——"太极阴阳，有柔有刚，刚中寓柔，柔中寓刚，刚柔相济，运化无方。""一阴一阳之谓拳，其好处在互为其根而已。"陈鑫说："纯阴无阳是软手，纯阳无阴是硬手；一阴九阳根头棍，二阴八阳是散手，三阴七阳犹觉硬，四阴六阳显好手；唯有五阴并五阳，阴阳无偏称妙手。妙手一着一太极，空空迹化归乌有。"据此可知，练太极拳在劲力上要刚柔相济，动作上要注意整体的协调。有上必有下，有左必有右，有前必有后。还有一句话叫"专注一方"，那是指练功架要突出主要矛盾方面；但也不能忽视其他方面。如"海底针"一式是向下"采"势动作，不能只顾手法不顾虚步的步形，只顾下沉采劲而没有了上提的顶劲；不能只顾身形前俯下蹲而没有了"中正安舒"。解决的办法是"中正之偏"。这里的正与偏就是阳与阴。正为阳，偏（略俯）为阴。在保持"百会"与"长强"对直的原则下可以稍稍前倾（上体与地面的垂直线所成夹角不可大于15°），如此把握住"阴阳"的矛盾，拳势就不会呆滞如立柱，也不会重心朝前下方倾侧，恰好可以表现出"采劲"的态势。

2. 动与静

动为阳，静为阴；"动之则分，静之则合"，"一动无有不动，一静无有不静"。这些话都是说练太极拳是动静结合的。动是动态，是"法"（包括身、手、步、眼法），是一式到另一式的过程，是以气运身，动若江河。静是定势，是"型"（包括身型、手型、步型和精神的专注一方），是一个架式的完成状态，又包括了下一式子的萌动；是神聚气敛，"静如山岳"。但动与静不是截然分开的，不论动作或意识都是"动中有静，静中有动"，"静中触动，动犹静"。武式太极拳传人郝月如先生说："动者气转也；静者有预动之势也。"走架中前一式的完结（瞬时的静）与后一式的启动紧密衔接，前一式未完结，未达到静的过程，后一动绝不能超前出现；否则动作交代不清楚，这就是拖沓。但也不能把完成式停下来一阵子，后一式才起动，这就是断折。动作的交替应是"似停非停，停而不停"，"劲断意不断，断而复连"；动作要连贯又不溜滑，是所谓"视静犹动，视动犹静"。

3. 正与偏

"正"和"偏"主要是描写太极拳的身形的。太极拳运动的身形有"中正不偏"，"偏中寓正"和"中正之偏"，都离不开"中"、"正"二字。总的要求是"中庸之道"，"不偏不倚"，"无过不及"，无论何式何势，运动中总要"中气贯脊，上自百会，下贯长强，如一线穿成也。"遵循这一指导原则就不会前俯、后仰、左摇、右摆。

4. 稳健与轻灵

稳健是盘架子的基础，所谓"千变万化由我运，下体两足定根基"。动作稳健的关键是足稳，"足稳则身不可摇"。要做到足稳，直接的因素是足下有力"，间接的是要"气沉丹田"，腰劲下去，"不下则上体气浮，足不稳。"下盘稳健了，上体动作才有轻灵的条件。所以学拳必先要学步，练弓腿，坐腿，以稳为目的去练步法，练得下盘稳健了，然后才练上体动作的轻灵。"轻"与"灵"又以先练轻为首要，从"轻"字入手，不必急于求"灵"。运动时手上不要着意加力，反要在表达动作形式上多用内在精神，要刻意将手上力量放轻，时间一长，"灵"也就会应运而生。

5. 柔与刚

太极拳不是绵拳，而是具有"静如山岳，动若江河"的气势，柔劲与刚劲糅合一起的运动。"太极者，刚柔兼至而浑于无迹之谓也"，"是艺也，不可谓之柔，亦不可谓之刚，第可名之为太极。"由此可见，对"太极拳"一词的考究也不必苦钻牛角尖，将它扩展到"太极图"，甚至将它扩展到周易哲理那么深远玄奥。著名的汉文学学者靳极苍先生就指出过："其实《周易》卦辞中没有一个阴阳字，没有一个五行字；更哪里有什么阴阳家、道家、兵法家那样深奥的哲理呢?"细细考究一下，从太极拳和太极拳家的历史看来，也没能看到与周易有一丝半缕的关系；牵强附会不是科学态度。从现有的记载看来，过去这种拳艺原先并没有名称，只为"十三势"，为什么后来被称为太极拳呢?只因为它"练刚而归于柔，柔而造至于刚，刚柔无迹可见"而名之。

刚、柔的结合是太极拳运动的本质，也是练拳人长久的追求——"运劲似柔而实刚，精神内藏而不露，此为上乘。"原来太极拳的上乘功夫就不是表现在长桥阔步上。学练时就要在进阶上、功夫上掌握刚柔的分寸和刚柔本质上的转化。而对于刚柔的含义也不能孤立看成"力量"的问题。重要的是"意到则气到，气到则劲随"，关键是要练到"顶劲上领，浊气下降，中气蓄住，入于丹田"；"此气行于手足中，不刚不柔自雍容"。由此可见，太极拳是内外兼练的，绝不同于一般简单的肢体的运动，把它学成长桥大马或"摸虾"功夫都丢失太极拳的本来面目。

6. 开与合

陈鑫先生说："一开一合即尽拳术之妙。"可见前人对开与合的重视。作为技法的主题，开合较易理解为肢体动作，特别是上肢动作的开展或收合。当然作为运动来说这样理解是没错的，但太极拳是"以意导体"的特殊运动，所有运动过程都"先在心，后在身"，开合也是先有内里意念，然后反映为外表动作形式上的开合。开合的交替贯穿整套拳的练习过程，一开一合与一动一静，一虚一实是同一动作内容。只是动静从动态而言，虚实从劲力而言，而开合则从动作的本质而言——开或合是动作的质，虚或实是着力的量，动或静是存在的相。

从外表上说，开就是伸张、舒展；合就是缩窄、合拢。而内劲的表现，开就是放松，或从原先紧张到放松的过程；合就是集中、聚敛，或从原先放松到集中而至放劲的表现。凡是架式的完成势，劲力集中、收合或发放出去都是"合"，凡是从前一式完成后开始造下一个式子的过程就是"开"。如：掤、捋、挤、按、采、挒、肘、靠八势的完成式都称之为"合"，其过程都称这之为"开"。如"起势"开始两手平提为开，屈膝坐腿按掌为"合"。如"拦雀尾"，由前动，重心转移，手法形成抱球过程为"开"，弓步掤臂则称之为"合"——掤臂的劲力与另一掌下按于体侧的劲力相连系，与腰腿劲相关连，整体劲力紧紧合住。"掤"之后紧接下来的"接"榫动作——掤臂的这边旋臂转腕，原先下按的手同时上提至体前，靠近另一手前臂内则肘下方，此时为"开"。紧接着是"捋"的主体动作，重心后移，旋腰坐腿，两手向右后或左后捋，则为

"合"。捋之后两手再往斜后上方划弧这是挤势的开始，（不是捋的结束）是为"开"，然后旋腰，两腕相贴近，重心前移成弓步，向前挤迫时为"合"。重心再后移，两臂垂肘将两手引回肩前时为"开"；重心再度前移，合裆塌腰成弓步，双掌前按时为"合"（不可以理解为"外掤为开"，"内捋为合"）。并且是"合者合其全体之神，不但合其四肢。"仔细分析一些动作，我们就不难发现规律性的东西——由虚而实都是"合"，都是由吸气而转为呼气的过程。如此，则"开时内外俱开，合时内外俱合"，与"开吸合呼"的拳势呼吸规律则顺理成章，不致把内或外的开、合割裂开来讨论，乃至引起"开吸合呼"还是"合吸开呼"的争论了。

7. 虚与实

"开合、虚实即为拳经"，可见虚实问题对拳理、拳法的高度概括。对虚实的理解，不能只理解为两足或两手的轻重问题。拳经说："一处有一处之虚实，处处总此一虚实。"太极拳运动的虚实问题是无处不在的，比较重要又比较易理解的是步型、步法上的虚实问题，解决了下盘进退的虚实，就是打下初步基础了，往后练下去就会有较大的进步。

8. 曲与伸

拳经说："无过不及，随曲就伸"，肢体曲、伸的转换构成了动作。要注意的是无论前进、后退，腿的曲膝程度要保持一致，动作起来不会如波澜般起伏，整体才有平稳的可能。一腿前弓，膝不应超过脚尖，另一腿也不可用力僵挺，自然微微伸直即可。这是虚实分清，也是虚中有实，实中有虚的表现。上肢的动作应尽可能舒展，但不可伸直；关键在于肘关节任何时候都应保持放松微曲，不用拙力，保持"将展未展"——上肢保持开展中有含蓄，略带弧形的状态。同时还要注意两臂的对称、均衡关系。如"单鞭","蹬脚","分脚","独立跨虎"等架式，两臂张展就要平衡，在同一水平的高度，肘弯的弧度亦应相同。这对拳势的造型美与重心的平稳都非常重要，对走架来说是一种技巧："开合原无定，屈伸势相连"。而"无过不及，随曲就伸"对推手应敌说来又是舍己随人的柔化功夫。

9. 沉与提

"沉"是"气沉丹田"；"提"是"提顶"，亦即"顶劲"——"顶劲者，是中气上冲抬头顶也。""打拳全是顶劲，顶劲领好，全身精神为之一振。""拳自始至终，顶劲决不可失。一失顶劲，四肢若无所附丽，且无精神，故必须领起以为周身纲领。"所以，"提"是"精神能提得起，则无迟重之虞。"沉与提在走架中经常是同时存在，相反相乘的——"顶劲上领，浊气下降，中气蓄注于丹田"，能气沉丹田，则中气足，动作即有稳健、轻灵的基础。持久练习，则运劲有方，拳架的气势饱满。如要完成好"斜飞式"，"白鹤晾翅"，"云手"，"金鸡独立"，"上步七星"，"退步跨虎"等式子，沉与提的统一显得尤其重要。至于怎样"气沉丹田"?初学时也不必过多深究。陈鑫先生说："至于中气归丹田之说，不必拘泥，但使气降于脐下小腹而已。"初学太极拳的人可以通过较长时间的锻炼慢慢体会这一对矛盾的重要性。

10. 呼与吸

太极拳运动以养气为主，故强调"气沉丹田"，然而"气沉丹田"是与适应生理规律的呼吸相结合的，绝不用强制的方法，尤其不可憋气。练太极拳动作要缓慢、柔和，圆滑主要是因为呼吸的深，长，细，匀。随着功夫日深，呼吸动作会从日常生活的自然呼吸方式渐渐转化为有规律地配合拳式动作——动作由虚变实时，是由吸到呼的过程；当动作刚好完成，全身精神劲力合住时，恰好呼尽，同时小腹亦微微膨胀沉实。动作由实变虚时，是由呼到吸的过程。当"开"的动作静止，既将换劲时，恰好把气吸足，同时小腹亦微微收缩。动作与呼吸的协调可以总结成规律的就是：起吸落呼，开吸合呼；向后向上吸，向前向下呼。

特别要明确的是：太极拳运动过程的快慢，由呼吸长短快慢而定，不要让动作规限住呼吸。为慢而无原则的使动作拖慢，慢到做一个动作要多次呼吸是不可取不可学的。

11．蓄与发

"蓄"与"发"是指内劲的运用而言。所有武术运动都有蓄发的劲力表现。太极拳中除了陈式太极拳表现较明显，其他各式太极拳的蓄、发也都是由意念（想当然地）表现的。"蓄"是储备，是指内劲集中。"发"是放出去，是指内劲击发。蓄劲是要吸气的，拳经说："吸则自然提得起，亦拿得人起。"如完成杨式太极拳的"白鹤晾翅"定势就是一例。又如陈式太极拳的"野马分鬃"、"背折靠"、"掩手肱捶"等式的初始动作，都是卷劲和蓄劲，及至完成式，则全身的精神、劲力集中于一点发放出去。"呼则自然沉得下，亦放得人出。"

蓄劲时须松裆活腰，发劲时则须扣裆拧腰。郝月如先生说："紧要全在蓄劲，蓄劲如张弓，发劲似放箭；无蓄劲则无发劲之力。发劲要上下相随，劲起于脚跟，注于腰间，形于手指；由脚而腿而腰，总须完整一气。"蓄可称之为虚、为开；发也可称之为实、为合；但无论"蓄"与"发"都必须以腰为第一主宰。而且是有蓄必有发，蓄发相变而形成一个完整的拳式。这也是阴阳互根的道理。

12. 断与连

走架是势势相连如环无端的。全局来说是连，局部分析则应有断，使"动之则分，静之则合"，每一势都有明白的起止点，运动时应交代清楚。然而，每势之间又不可有明显的停顿——"此势似可停止，下势之机已动。"劲力的"蓄"和"发"是有明显的变化和断续的，但意念是连接的。"其形若止，其意不止"。断点必是"着"（即每个招式）饱满地完结之处，又恰是紧接的下一着的起点，是所谓"上着下着，一气承接，勿令神气间断"，是"停而不停"。式子没有完全完成时不可以断，完成之后不可以停，这就是"断而复连"，是"似停非停，停而不停"。

以上这十二对矛盾，全部贯穿于太极拳走架与推手之中，是有机地混为一体并非割裂的。初学时应集中精神把架子基础打好，进一步提高就要讲究一下太极拳的特征、要领和要求。上述的一些问题，因内容太多，限于文章的篇幅，还是讲得很不透彻的；读者可随着学习的兴趣渐浓，功夫日深，多看前人从实践中提高到理论的经验之谈，自然会从中悟出些道理来。然而，功夫还是要花时间去练的，"拳不离手"是最好的学习方法。在此，笔者有七言八韵的《太极拳练习提要》一首送给读者，以求共勉，并谨以此作为本文的结束语。

> 太极玄圆无巧法，全凭足下有功夫。
> 书中道理都成诵，步履飘摇势未符。
> 中正安舒神内敛，含拔松沉气自敷；
> 虚实互生成一体，刚柔相济莫迷糊。

薛安日
2006年仲夏于羊城